都市里的
汤姆&索亚

① 我们的城堡

〔日〕勇岭薫◎著

〔日〕西炯子◎绘

徐 畅◎译

北京科学技术出版社

100 层 童 书 馆

敬告：请在游戏前阅读。

真正的冒险精神在于勇敢探索，
而不是铤而走险。

本书内容纯属虚构，
部分情节包含危险操作，
请勿模仿。

我一直觉得，

是因为没有密西西比河，我才成不了汤姆·索亚……

后来发现，我的身边同样有山有河，有志同道合的伙伴。

所以，其实我一直都在冒险。

即便我已不再是少年……

如果你也想成为汤姆·索亚，那就好好观察一下你的周围吧。

我相信，你一定会有新的发现。

同时，你还会意识到：

原来我们早就是汤姆·索亚了，

我们的冒险永远不会完结。

| 主要登场人物 |

内 藤 内 人 每天在多个补习班之间奔波的普通中学生。

龙 王 创 也 内人的同学，成绩优秀，龙王集团的继承人。

堀 越 美 晴 内人和创也的同学。

堀 越 隆 文 美晴的爸爸，日本电视台的导演。

我毛豪太郎 获得电视节目《直播大闯关》九连冠的中学生。

二阶堂卓也 龙王集团员工，创也的保镖，兴趣是阅读招聘杂志。

目 录

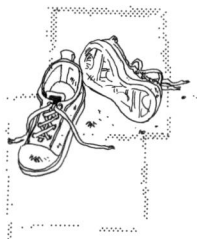

楔　　子

"'工作日半价'，也就是说节假日的价格要贵一倍喽！"

看着汉堡店门口立着的"工作日半价"海报，我不禁这样想着。同样的钱，明明周五能买两个汉堡，到了周六却只能买一个，难免有种上当的感觉。

这是一家24小时营业的汉堡店。现在是周二晚上10点。如果今天是周日，我大概会等到第二天再来买汉堡吧。

"欢迎光临！要不要来份薯条？"

即使面对我这样的初中生，营业员姐姐也会按照服务规范推荐商品，并送上温暖的笑容。我掏出一枚100日元¹的硬币，买了一个汉堡。

"谢谢惠顾！"

我接过零钱，当然，也回应了营业员姐姐的微笑。

出了店门，我抬头望了望天空。高楼耸立的夜空中，一弯笼罩在初春薄雾之中的新月洒下清冷的光辉。今夜并不冷，只是空气有些干燥。这里是一条商业街，街道上商铺、银行、补习班林立，还飘着一股若有似无的香气。这个时间，街上的人很少，只有加班结束后疲惫不堪的工薪阶层，以及像我一样刚下补习班的孩子。

我一边啃汉堡，一边往车站走。书包里的铅笔盒叮叮当

---

1 100日元约为5元人民币。——编者注

当地响个不停，好像在演奏一首进行曲。为了不沾上番茄酱，我小心翼翼地吃完汉堡，然后把包装纸整齐地叠了起来，收进了书包。

就在这时，我看到了他——远处一个中学生模样的行人。

我的双眼视力可都是 2.0——总是被老妈说"视力好是因为不学习"——绝对不会看错，那个背影就是和我同班的龙王创也。黑帽子、黑腕带、黑牛仔裤，上身披着一件设计独特的黑夹克，就连运动鞋都是黑色的。

一身黑的创也正在前面走着。他时不时抬头望望月亮，步履轻快。奇怪，这么晚了，他为什么还不回家？

我没听说过创也在上补习班，毕竟他是我们学校有史以来绝无仅有的天才。如果创也也上补习班，而且这件事情传到了老妈耳朵里……我不禁打了个寒战。

"连创也都这么努力，你得再加把劲才行啊！"老妈肯定会这么说，然后收集一沓补习班的宣传册，堆在我面前。再来几个补习班，我就真的连睡觉的时间都没有了……

想到这里，我悄悄地跟上创也。

周围没有别的行人，我不会跟丢。我只担心他会突然回头，发现我在尾随他，那就有些尴尬了……

但是创也根本没回头，一直步履轻盈地往前走着。即便看不到他的表情，我也能猜到他现在肯定是满脸笑容。

突然，创也在路中间左转了。我按住书包，不让铅笔盒发出声响，快跑两步跟了上去。我想和创也一样，在路中间左转，但是……

我使劲揉了揉视力 2.0 的眼睛。语文课上学过的那个成语——"难以置信"，对，难以置信的事情就这么发生了。

创也不见了……

他就这么凭空消失了……

空旷的人行道上，只有路灯在柏油马路上投下昏黄的光。前边还有 100 多米就是十字路口，一盏黄色信号灯在不停地闪烁。

我跑到他左转的地方不过用了 4 秒，在此期间也没看到他去往那个十字路口。而且，如果能在 4 秒内跑完百米，创也轻轻松松就能打破世界纪录了吧。

我错愕地站在原地，试图解开创也消失之谜。但是我绞尽脑汁，还是不明白创也是怎么离奇消失的……

这时，一辆黑色的轿车静静地开过来，停在我前方不远处。车上走下来一个穿着黑色西装、身材高大的年轻男士。

他靠在车边，掏出火柴点燃了一根烟，随后注意到了呆若木鸡的我。

"请问，发生了什么事吗？"年轻男士问道。他脸上露出礼貌的微笑，眼中却丝毫没有笑意，两片薄唇之间尖利的虎牙若隐若现。这一定是个狠角色。

我赶紧摆了摆双手："没事，什么事都没有！我先走了！"

说罢，我转身就跑。尽管自动铅笔们在铅笔盒里跳起了舞，我也只能不管不顾地冲向车站。

今晚到底是怎么回事？

先是创也消失，接着是可疑的危险人物……我现在的心情就好比见鬼了一样。我一刻不停地奔跑着，脑子乱作一团，感觉就连头顶的月亮都在嘲笑我。

好吧，我先做个简单的自我介绍。我叫内藤内人。虽然我不清楚自己长大后会成为什么样的人，但我以后跟自己的孩子（或者孙子）聊到我和创也的冒险经历时，一定会从今晚说起。

毕竟弯月当空，你不觉得这样的夜晚最适合作为冒险故事的开端吗？

第一部

我们的城堡

"嘿，内人！你看昨晚的《摇滚擂台》了吗？"

我刚进教室，达夫就和我搭话。最近一个叫"Sunbaiz"的视觉系摇滚乐队在我们班很流行，而《摇滚擂台》节目恰好邀请了这个乐队做嘉宾。

"嗯……看了吧。"我随口糊弄了一句。昨天回家太晚，到家后我实在没有力气看电视了，而且这阵子我本就有些睡眠不足。

"昨天 Sunbaiz 的节目真是太棒了！首席吉他手还来了一段即兴演奏。"

达夫抱着扫帚坐在我的桌子上，说着就要再现昨晚的精彩场景。只见他左手按住扫帚棍，右手上下翻飞，当作弹吉他。可惜扫帚就是扫帚，达夫再卖力也只能弹出灰尘。

说实话，我对摇滚乐并不感兴趣。虽然平时在班里也会配合大家聊聊相关话题，但其实，我觉得摇滚乐太吵了，听不惯。我更喜欢电影配乐，可周围没有跟我志同道合的人……

"他们马上要开演唱会了，我来买票，咱们一块儿去吧。"

"好啊……好期待。"

可能是我的回答听上去有点儿勉强，达夫担心地盯着我。

"你怎么了？"

"没什么，就是有点儿睡眠不足。对了，创也呢？"我开始四处搜寻那个害我睡眠不足的罪魁祸首——龙王创也。

"创也？他不在教室的话，应该就在图书室了吧。"

创也喜欢待在图书室。只要没在教室里读书，他一般都在那里。

向达夫道了声谢，我离开了教室。离上课铃响还有差不多二十分钟。我来到楼道，逆着人流，走向四楼的图书室。

课前的嘈杂声并没有传到四楼，寂静的走廊里只回荡着我的脚步声。我推开图书室的门，看到里面只有创也一个人。他沐浴着朝阳，正盘腿坐在椅子上读书。他低着头，微长的刘海儿斜掩着他的侧脸。

一直以来，我都没有认真观察过他的长相，只觉得他十分清秀。他总戴着一副酒红色镜框的眼镜，这又让他显得聪明能干。虽说男人不靠相貌，但我还是很羡慕他长得如此帅气。可我呢，老妈从不考虑让我去参加青少年选秀节目……所以，对于我的长相，你应该能猜到一些了吧。

"早！"我向创也打了声招呼。

他有些惊讶地抬起头来。

"呃……早上好。"他一脸疑惑地望着我，大概是在想为什么这个人会出现在图书室里。

"……"

空气凝固了。见我不说话，创也又开始埋头读书。不行，再这么沉默下去，我就白跑一趟了。总之，先随便找点儿话题吧！

"你在读什么？"我走近他问道。仔细想想，我们虽然是同学，却几乎没聊过天。

"你说这个？是关于安倍晴明[1]的学术书。"他合上书，把封面展示给我看。只一眼，我就知道这是我这辈子都不会碰的书。创也就那样静静地打量着我，眼神里写满了"探究"两个字——他想知道我突然向他搭话的原因。

然而我现在也不知该从何说起。

"那个……你喜欢 Sunbaiz 乐队吗？"

"听说过。"创也没有正面回答我的问题，只是简单地回

1 日本平安时代著名的阴阳师。——编者注

应了一句就又翻开了书，一副不再接受提问的架势。

"……"

空气又凝固了。

他看上去倒也不是生气了。班里的同学都觉得他周身总有一堵无形的墙，拒人于千里之外。当然，这并不是说他性格孤僻，或者拒绝与人交往——班里举办活动的时候，他也会参与，看上去也算乐在其中。但是，怎么说呢……其他人参加活动时的开心是发自内心的，而创也……他就算表面和大家有说有笑，心底却始终保持着冷静。

我感觉他一直在冷静地观察着自己和周围的这个世界。

在我思绪万千时，创也又回到书的世界中去了。他聚精会神地读着书，仿佛已经忘记了面前还有一个人。清晨的图书室，气氛十分尴尬。换作平时，我肯定会放弃继续跟创也交流，回到教室去——我在班上有很多朋友，从来不缺聊天的人。比起跟这种木头待在一起，当然还是回教室和大家谈天说地更愉快。

然而，今早的我不一样。我是想要知道昨天晚上究竟发生了什么，才特意跑到图书室里来找创也的。气氛尴尬又如何，我才不怕！

于是，我拖来一把椅子，坐到创也面前，问道："你……很喜欢晚上出去散步吗？"

听到这句话，创也那双清秀的眼睛忽然瞪大了。然后，他抬起头看向我。

"内藤内人……你昨晚看到了？"创也的语气与刚才相比有了些许变化，似乎终于愿意跟我平等对话了。

"嗯……不是……嗯？是不应该看到吗？"创也的眼神过于犀利，我慌了神，"我倒是不知道你在做什么，只是看到你走在路上，一副很开心的样子……我在想你是不是碰上了什么好事。"我赶紧找了个借口搪塞他。

创也合上书，摘下那副看上去价值不菲的眼镜。

"你看到了？"他问道，神色宛如一个做恶作剧被发现了的小孩。

我点了点头。

"这可怎么办……"创也有点儿不好意思地挠了挠头。这和平时的他可不大一样，我感觉和他之间那种若有似无的距离感好像消失了。

"那里离学校也有段距离，我以为不会遇到熟人……"说完，创也看向我，那表情像是在问："你去那儿干什么？"

我一边比画，一边解释道："我去上补习班啊，晚上8点到10点。你成绩好，当然不用补习。不像我，每天都要被赶去补习。"

然后，我终于问出了我最在意的问题："后来你到底去哪儿了？你好像拐了个弯就消失了。"

"竟然连我拐弯都看到了……"

创也叹了口气，从兜里掏出一把钥匙，说："今天下午没课，我会去某个上了锁的地方，这是那儿的钥匙。你要是有兴趣，就过来吧。"

创也把钥匙递给我。那是一把常见的银色钥匙，唯一的特点是钥匙柄的尖端镶着五颗小小的黑色磁石。

"可是，我不知道该去哪儿找你啊。"

"还记得我昨天消失的地方吗？你再好好找一找。如果找不到，就算游戏失败。"

说完，创也戴上了眼镜。一瞬间，他又变回了往常的样子，那堵看不见的墙又出现了。

"没有任何提示吗？"

听我这么一问，创也说："你该不会是玩游戏全靠查攻略的那种人吧？那样的人永远都感受不到游戏真正的快乐。"

创也的声音很冰冷。他拿着书，径直走出了图书室。

等一下，你的椅子还没放回原位呢！

我刚把我们俩的椅子都整理好，就听见了上课铃的声音。我赶紧冲出去，跑回了教室。

课上，我始终心不在焉，每每想要将注意力集中到课本上，却总是会想到创也给我的那把钥匙。它正躺在我的铅笔盒上，闪烁着银色的冷光。

至于创也，他正坐在靠窗的位置，百无聊赖地看着外面。虽然课本是摊开的，但他只是用手托着脸颊，也不记笔记。这是他上课的常态，就这样他还能每次考试都拿第一。这家伙的脑袋到底有多聪明？老师对此也已经见怪不怪了，照常讲着课。

我再一次看向了铅笔盒上的那把钥匙。

钥匙，总是能为我带来什么。

我家的钥匙，能够为我带来一顿晚餐。

学校储物柜的钥匙，能够为我存放沉重的词典，为我藏好不想被老妈看到的试卷。

那么这把钥匙，会为我带来什么呢……

上午的课终于结束了。听说下午老师们要去参加教研活动，所以没有排课。

"同学们不想听老师絮叨的心情，我很理解。"班会一结束，老师就一脸无奈地离开了。下午有社团活动的同学打开饭盒，准备吃午饭。我和创也都没有加入任何社团。我匆忙把课本和文具塞进书包，跑出了教室——创也已经先一步离开了。他习惯把所有书本和文具都留在学校，所以放学也不用收拾书包。

我在校园里找了一圈，没有发现创也的踪影。他好像已经离开学校了。

创也究竟去哪儿了呢？

我只有一条线索，就是昨晚他消失的地方。到了那儿，也许能发现什么。

我出了校门，向车站走去。半路上，我在一家便利店门口遇到了同样没有社团活动的同学。

"喂，内人，我们一会儿准备去唱歌，一块儿去吗？"

"抱歉，我今天有事，下次吧！"我答道，脚步没有片刻停留。

"什么嘛，真扫兴。"

听着背后传来的抱怨声，我继续朝车站走去。

来到车站，我随手接过一包推销人员分发的免费纸巾，塞进衣服口袋。坐了三站地，我下车去买午饭——今天本来准备回家吃饭的，这下又多了一笔额外的开销，因此我决定节俭一点儿，只买了一袋夹心面包和一盒牛奶。

我一边走，一边吃。牛奶喝完了，我便把包装盒甩干，叠好收进书包里。面包留下一半，等饿了再吃。不知不觉中，我就走到了昨晚创也消失的那条街。

与昨晚不同，今天这条街上有很多来来往往的行人，路边还停着一辆和昨晚一模一样的黑色轿车。

这条街上一定藏着创也消失的秘密……

我得冷静下来，认真思考一下。

嗯……昨晚创也并不是故意消失的，因为他并没有注意到我在跟踪他。也就是说，他并非真的人间蒸发，只是看起来像消失了。那什么情况下，人才会看起来像消失了呢？

我看向人行道旁的高楼大厦，每栋都有十层以上。创也极有可能是进入了其中一栋。但那个时间，大多数大楼已经锁门了。况且，这附近有允许中学生随意出入的大楼吗？

从我脚下到下一个路口大概还有两百米，我决定沿着这条路，把这些大楼挨个儿排查一遍。

这里有征信所、文化馆，还有主营音乐杂志的小型出版社等。但不管是哪一栋，看上去都和创也没什么关系。

走着走着，我停下了脚步。

其中两栋大楼中间竟然有一条狭窄的巷子——不，它宽不足五十厘米，窄得甚至都不足以称为"巷子"，但凡体形稍壮一些的人，进来都会被卡住。

我呆站在那里。周围不断地有行人从我的身边经过，但没有任何一个人注意到这条小巷子。就连我，也是一栋楼一栋楼地仔细查看下来，才发现了这里。

身着黑色西装的男人正倚在轿车上望着我。我总觉得他在笑，仿佛在说："真亏得你能找到这里。"

我决定钻进这条巷子一探究竟。

太窄了……

巷子里还堆满了废纸箱、空啤酒瓶和铝制窗框等垃圾、杂物，很难前行。我把书包拎在手里，但书包总是被各种东西钩住，黑色的校服上也沾了许多灰尘。这条小巷被两侧的高楼夹在中间，光线昏暗，走在这里，稍不注意就会被杂物绊倒。我艰难地走了一会儿后回头看去，远处的入口已经变成了一条缝。

我已经前进了十米左右，但前方仍然十分昏暗。我虽然没有幽闭恐惧症，却也难免有些心虚胆寒。要是不小心卡在这里，估计化成白骨也没人会发现……

我越想越害怕，后背冷汗直流。

巷子深处越来越暗。我只好伸出双手，在黑暗中摸索着前行。就在我吓得快要哭出来的时候，手指突然碰到了什么东西。

这是什么？

我用手摸了摸，好像是一扇门。上面有个把手，我转了转，发现门锁着，打不开。

锁着？

原来如此，创也给我的那把钥匙，是开这扇门的。

我又一阵摸索，从口袋里掏出了钥匙，插进锁孔中。门锁开了！那咔嚓一声，仿佛是天使在我耳边吹响的胜利号角。我推开门，一束光倾泻而出。

猛然从昏暗的小巷走进亮堂的室内，我的眼睛一时难以睁开。等终于缓过来时，我发现这是一间大约十平方米的空房间，角落有通往二楼的楼梯。地板上四处散落着灰尘、断裂的钢筋，以及装修材料的碎片等。室内有一扇窗，却被纸箱和木板遮挡住了。天花板上的荧光灯洒下冰冷的光。

"等你很久了，内藤。"

忽然，房间里响起了创也的声音。我环顾四周，却没有看到他的身影。看来声音是从天花板上的喇叭里传来的。喇叭旁边还有一个监控摄像头。

"你到底在哪儿，创也？"

我冲着监控摄像头问道。

"在进入正题之前，先帮我把门锁上吧。虽然我觉得不会有其他人进来，但还是锁上更加保险。"

喇叭中又传来创也的声音。我乖乖照做，锁上了门。

"好，让我们开始游戏吧。这栋楼一共有四层，我现在在顶楼。如果你能成功来到我这里，就算你赢。"

什么呀，爬上四楼而已，这不是轻而易举吗？

我立刻抬脚踏上了楼梯。

"出发之前，我先给你一些忠告吧。在通往四楼的路上，一共有两个陷阱，一旦你落入陷阱，游戏立即宣告结束。"

听到这里，我不禁停下了脚步。

还有陷阱？饶了我吧。

"还有，请允许我关闭一楼、二楼和三楼的灯。"

"还要关灯？这对我也太不公平了。"

"忍一忍吧，家用发电机的汽油可不便宜。"

创也的话音刚落，电灯就被关闭了，我被独自留在了黑暗中。

"这么暗，你能看见我吗？"

"不用担心，摄像头带有夜视功能。"

好吧。接下来的路途一定充满了艰难险阻，可是不登上顶楼见到创也，一切都无从谈起。

上楼之前，我先在楼梯上坐下来，拿出了剩下的夹心面包。

"你在做什么？"

"先填饱肚子。只有面包，没有饮料，我好渴啊。"

"好，只要你能顺利到达四楼，我会给你沏一杯上好的大吉岭红茶。"

"可我更想喝牛奶。"

"……"

没有回答，看来他没有牛奶。

"啊，在这一片黑暗中，连面包都好吃多了！"

"……"

这句讽刺同样也没有得到任何回应。我开始感到恼火。

虽然是我主动搭的话，但把钥匙给我，让我去找他的人，可是创也本人。所以，我好歹也算是个客人。对待客人，他就是这种态度？

我越想越气，脑海中浮现出创也的脸，还有他那目中无人的冷漠眼神。好，我马上就去四楼，让他甘拜下风。

吃完面包，我闭上眼睛，深吸了一口气。

"好好想一想。"

奶奶经常这么对我说。

"不管遇到什么情况，都要好好想一想。想想自己有什么，相信自己的能力。只要能坚持到最后，一般都会成功的。"奶奶每次这么说完，都会咧开没有牙齿的嘴，爽朗地大笑。

于是，我开始思考。

先想想自己有什么。我打开书包，摸索着确认里面的物品：有课本、笔记本、书写垫板，还有学生证、两张家长通知书，以及一份皱巴巴的小测试卷（然而我并不想找到它……）。铅笔盒里有橡皮擦、自动铅笔、尺子和铅笔。暗袋里放着随身听和一张 MD 碟[1]，随身听里有两节五号电池。我又摸到两枚曲别针，以及美术课上用的剪刀、美工刀和橡皮筋。最后是中午喝完的牛奶盒。

接下来，我又检查了一下衣服口袋：手绢、创也给的钥匙、在车站拿的免费纸巾、一些毛絮。里面只有这些东西。

校服上的五个扣子和衬衫的塑胶领撑也被我拆了下来。

这就是我现在有的全部可用的东西了……

"怎么？要放弃了吗？"喇叭里又传来了声音。

别着急，再过一会儿你就能见到我了。

刚才，我都已经准备上楼了，创也才告诉我路上有陷阱。也就是说，一楼应该是安全的。所以，我最好在这里完成所有的准备工作。

我先用剪刀一圈一圈地剪开牛奶盒，就像削苹果皮一样。这样，牛奶盒就变成了宽三厘米左右的螺旋状长条。然后，我开始摸黑寻找散落在地板上的钢筋。

随后，我卸下随身听里的电池，又掰开一枚曲别针，将其一端连接到电池的正极，再掰开另一枚曲别针，将其一端连接到电池的负极。接下来，只要将两枚曲别针没有连

---

1 日本索尼公司于1992年量产的音乐存储介质，形状类似小型光碟。——译者注

接电池的一端接在一起……

刺刺!

电池短路,产生了小火花。我在冒出火花的位置放上了口袋里的毛絮。

刺刺!刺刺!

不一会儿,毛絮中飘出些许烧焦的气味。于是,我把剩下的毛絮全部撒了下去。

唰!毛絮中蹦出一个小小的火苗,我迅速用这个火苗点燃了一张纸巾。

成功了!

紧接着,我用纸巾上的火点燃了牛奶盒长条,长条像一根蜡烛一样,缓缓地燃烧起来。

这样,一个简易的火把就完成了。接下来就不用担心照明的问题了。

"真了不起，"沉默已久的喇叭中再次传来创也的声音，
"你真的只是个初二的学生吗？"

"我和你一样，都是初二的学生。"我朝着监控摄像头的
方向，比了一个胜利的手势。

接着，我把塑胶领撑剪成数个五厘米宽的小条，又在每
个小条上剪出几个切口，再利用切口将这些小条连接在一
起，做成了一个形状不是很规则的塑胶小球。

"我现在就过去找你。但是，在这之前……"我亮出塑
胶小球，"只有我被监控，这样太不公平了！还是让你的摄
像头歇一会儿吧。"

"什么？"

"我觉得应该不至于弄坏……"我点燃小球，朝着摄像
头的方向用力一扔。

嗖的一声，小球在空中绽放出刺眼的光芒，燃烧了起来。

"啊！"是创也震惊的声音。

成功了！

如果夜视摄像头的视野范围内突然出现超出它最大承受
限度的强烈光线，它便会失灵。不过，我估计这样做只会

让它暂时没法工作，不会破坏它的功能。

我脱下校服外套，先把所有杂物都包裹起来，像背包袱一样背在身上；然后将校服的两个袖子拽到胸前，打了一个结；最后用腰带将书包固定在腰上。随后，我右手握着钢筋，作为探路的手杖，左手举着简易火把。很好，准备完毕！

接下来，就是要相信自己了。

简易火把能够提供一个乒乓球大小的微弱光源。此时，我的眼睛也适应了黑暗。我踏上台阶，准备前往二楼。

创也说，路上一共有两个陷阱，然后还关了灯。他说关灯是为了节省能源，但真的只是因为这个吗？我仔细思考着。

他关灯应该是为了让我看不清陷阱吧——在敌人看不见的时候，更能发挥陷阱的威力……

那创也的陷阱多半是用线制成的。我想起了以前看过的战争电影，里面就有这样一种陷阱：在丛林中拉起线，一旦有人碰到那根线，线的另一端连接的手榴弹就会爆炸。不过普通的初中生应该不会有手榴弹吧……

我用手中的钢筋探路，小心谨慎地摸索着前进。

爬过一段楼梯后，我来到一扇门前。我取出美工刀，插进门缝中……没问题，门这里没有任何机关。于是，我慢慢推开门，进入了二楼。

这里和一楼一样，地板上到处都是灰尘。

我凑近地板，仔细观察，很快就发现上面有一些鞋印。这应该是创也的运动鞋留下的。于是，我决定踩着创也的鞋印前进。这样应该就不会踩上陷阱了。

一步、两步……我猛地停下了脚步。

太奇怪了。面前这个鞋印和我脚下踩的鞋印距离特别远，好像只有这一步，创也跨得特别大。

我慢慢地移动钢筋，检查脚边的情况，慎之又慎……

突然，我感受到手里的钢筋传来微弱的阻力。我将简易火把靠过去，仔细观察钢筋触碰到的地方。

是线，就在离地板几厘米的地方。

看起来像鱼线，很细。我发现它顺着墙面一直延伸到天花板，那儿拴着一个气球。这是一个机关，如果不小心碰到这根线，气球就会掉下来砸到我身上。当然，气球里肯定装满了水。

我小心翼翼地避开这根线，踏上了通往三楼的楼梯。

我先在台阶上坐下来，稍作休息。这时，我决定跟创也聊一聊。按理说,这里也应该像一楼一样,在角落里装着喇叭和摄像头。

"我攻克二楼的陷阱了。"

"**你居然识破了陷阱,真厉害呢。**"喇叭里传来创也的声音。

"还要多谢你关了灯,这反而成了提示。如果碰到那根线,我就会被装着水的气球砸个正着吧?"

"**水?我可没有在气球里装过水。**"

"谁知道呢……"

我一边小声嘀咕着,一边用左手的大拇指和食指撑开一根橡皮筋,又从口袋里掏出一个扣子搭在橡皮筋上。这样,一个简易弹弓就制成了。

我拉开弹弓,瞄准记忆中气球的位置。

嘭!

气球猛地爆裂开来,传来哗哗的水声。

"这不是水吗?"

"**这不是水,是辣椒水。**"

"……"

我的抗议就这样被轻描淡写地驳回了。

确实，空气中飘来一股辣椒水特有的刺激性气味。要是被这东西淋一身，那得是什么样的惨状……

忽然，灯亮了。这突如其来的光亮十分刺眼。

"你不是说汽油很贵吗？"

"夜视摄像头要花一点儿时间才能修好，所以我干脆把它关上，换成普通的摄像头了。但普通的摄像头在黑暗中是看不到东西的。"

果然还是坏掉了啊……

虽然有些愧疚，但对方也是一个想把辣椒水泼到别人身上的家伙啊。我们彼此彼此，我也没必要反省自己。于是，我调整一下心情，站起身。

我先将牛奶盒上的火焰灭掉，再把剩下的还没烧完的部分收进书包里。我本打算把钢筋手杖留在这里，但是转念一想，也许之后还有用，就决定把它带上。

我看了看楼梯，不像是有机关的样子——果然，比起摸黑前进，还是有光更方便。不过就算这样，我也不敢掉以轻心，在仔细确认没有机关后才轻轻地推开三楼的门。

三楼与一楼、二楼一样，地板上满是灰尘。

我先抬头检查了天花板——要是像二楼一样，还要在挂着装满辣椒水的气球下行动，我可吃不消。接着，我采取之前的策略，踩着创也的鞋印前进，一步一步，慎之又慎。

我一边走，一边思考：我能够上到三楼，说明我成功破解了二楼的陷阱。那么，我是如何破解二楼陷阱的呢？是踩着创也的鞋印一步步走过来的。

如果我是设置陷阱的人，我会怎么想？入侵者在三楼依旧会采取踩鞋印的方法。也就是说，只要在鞋印上设置机关，就可以让入侵者掉进陷阱。

想到这儿，我停下了脚步……就这样踩着鞋印往前走，真的安全吗？

"怎么了？"创也的声音听着有些焦躁。

不过听到他的声音，我更加确信他在鞋印上动了手脚。

我仔细地端详前方的鞋印，终于发现了端倪：在通向四楼的楼梯前，创也左脚的鞋印落在了一个空水泥袋子上。我走近些，用手里的钢筋轻轻戳了戳那个袋子。外侧没有异常，至于里边……我把手伸进去，指尖碰到了一堆小圆球。我小心地将圆球一一取出，发现全都是摔炮，一共有七个。

这便是创也的陷阱，一旦疏忽大意踩了上去，就会招来摔炮的连环攻击。我把这些摔炮都装进了口袋。

"唉，第二个陷阱也被你发现了吗……"创也的声音透出一丝遗憾。

这样一来，两个陷阱全都被我识破了。创也就在四楼，胜利就在前方！

我爬上楼梯，步伐依旧十分慎重。按理说已经不需要提心吊胆了，可保持警惕已经成了我的习惯。

我来到四楼的门前。那里铺着一张入户脚垫，可以蹭掉鞋底沾着的灰尘。以防万一，我还是掀开脚垫，确认了下面没有藏摔炮。

我敲了敲门，门内传来创也的声音。

"门开着，请进。"

我推开门，吓了一跳：这一层与下面几层完全不同，屋内装点一新，设施齐全，整洁得就像办公室。地板也打扫得很干净，没有一点儿灰尘。

走进去，我发现对面三张钢制办公桌上并排摆着几台电脑，还有打印机、调制解调器等设备。其中一台电脑的显示器上正显示着监控画面。桌上还堆着游戏机和游戏软件光盘。这些东西新旧不一，其中还有被拆去外壳的街机主板。桌子旁边有个柜子，上面摆着一组小型音响，里面正播放着悠扬的音乐——我在学校的音乐课上听过这首曲子，好像是肖邦的钢琴曲。

进门右侧的角落里有一台家用发电机，微微散发着汽油的味道。发电机旁边是三盏煤油灯。再往前是一个简易的开放式厨房，厨柜里整齐地摆放着十几种罐装红茶——后来我才知道，为了防止茶叶氧化，这个柜子还有特别的设计。房间左侧靠墙立着一个钢制书架，上面排列着杂志和旧书。还有一些杂志被捆成一摞放在书架前。

"欢迎。"坐在电脑前的创也，突然一转电脑椅面向了我。与衣冠楚楚的他相比，我显得灰头土脸。

创也用手指了指房间中央。那里有一张玻璃茶几，两旁是一对小沙发，沙发上铺着可爱的格纹坐垫。我没有多想，一屁股坐了下去。

"噗——"

巨大的声响回荡在整个房间里。我吓得从沙发上弹了起来，却见创也竖起了大拇指。

"游戏结束了。我赢了。"

"……"

我挪开坐垫，发现下面放着一个"放屁垫"。这是一种只要有人坐上去就会发出巨大的放屁声的整蛊玩具。

"没想到啊，突破了层层难关的你，竟然会栽在这么简单的机关上！"创也摊开双手，故作诧异地摇了摇头。

不知何时，我的拳头已经攥紧了。看样子，它们很想打创也一顿。我用尽全身力气才让拳头松开，因为我的自尊心不允许我输了游戏之后使用暴力手段来泄愤。但是，对这样不讲理的游戏规则，我也确实有话要说。

"你不是说只有两个陷阱吗？"

"是啊。"创也一脸坦然，平静如常。

我把放屁垫扔到茶几上："但是现在有三个，这也太耍赖了！"

创也像宣誓一样把右手攥成拳头举了起来："我没有撒谎。如果撒谎，游戏规则就不成立了。"

"'一共有两个陷阱'，这难道不是撒谎吗？"

"陷阱，一共有四个。"创也伸出右手食指，"第一个，是二楼装满辣椒水的气球。"

然后，他伸出右手中指："第二个，是三楼的摔炮。"

接着，他伸出右手无名指："第三个，是你刚刚坐到的放屁垫。"

这时，他狡黠地一笑——看了真叫人生气。

"至于第四个，就是'一共有两个陷阱'这句话。"说着，他伸出右手小拇指。

原来如此。"一共有两个陷阱"这句话本身就是个陷阱……但我总觉得难以接受。我决定换个话题。

"你这里有好多电脑和游戏机啊。"

"都是捡的。这房间里的所有东西都是我捡来后修整好的。"

听了他的话，我有点儿惊讶。

"这个城市里，人们会扔掉各种各样的东西。这些被扔掉的东西其实只要稍微修整一下就能用，跟新品没什么两样。"

虽然他说得很轻松，但我还是很佩服他。毕竟要修理电脑这样复杂的机器，我是绝对办不到的。

"要说修的话，电脑是最容易的，因为真正损坏的很少。"创也看着桌子上的电脑继续说，"买完之后不会用，或者出了新机型，有人就会把旧电脑直接扔掉。这样的设备一般都是完好的。"

"但你真的很厉害。这里简直像个秘密基地。"

"不是秘密基地，是'城堡'。"创也的表情十分认真。

秘密基地和城堡，有什么区别呢？

"建立秘密基地是为了进攻，但建立城堡不同，是为了守护。"

为了守护……

"你要守护什么呢？"

创也没有回答我的问题。他从电脑椅上起身，走进厨房，从厨柜里取出一罐红茶。

"按照之前的约定，我请你喝大吉岭红茶吧。"

"我更喜欢牛奶。"

"不好意思，这里没有容易变质的东西。"

我的要求被他一口回绝。

创也从冰箱里拿出瓶装水倒入水壶中，然后将水壶放在煤气炉上加热。

"那个水壶，也是捡来的吗？"

"是的。"

"居然连水壶也是从垃圾箱……"

"不用担心，我已经洗干净了。"

虽然如此，但一想到这水壶的来历，我就瞬间没了喝茶的心情。

水煮沸后，创也先烫洗了一遍茶壶——不用问，这个茶壶八成也是捡来的……

做这一切时，创也看上去很认真。

他用茶勺舀出两勺半茶叶放进茶壶，再将水壶中的热水缓缓地倒进去，最后在茶壶上盖了一条毛巾。

"那是什么？"我指着那条毛巾问道。

"是茶巾，以防茶冷掉。"

"哦……"

原来如此。看来，要想泡出美味的红茶，连这种细节都要注意到。

"茶巾……看着像热水袋外面那层布。"

可能是觉得我的想法太单纯，创也皱了皱眉头。接着，他打开厨房计时器，设置了三分钟倒计时。在等待的时间里，他又烫洗了一遍茶杯，并把它们摆放在茶几上。茶杯风格各异，一看就不是成套的。

"用这种杯子，茶会更好喝吗？"我看着茶杯问道。

"重要的不是容器，而是茶叶本身。"创也虽然回答得充满自信，但是看着眼前捡回来的各色杯子，估计他也找不到更好的借口了吧。

这时，计时器响了起来。创也将沏好的茶倒进杯中，大吉岭的茶香瞬间伴随着热气缓缓升起，弥漫开来。

创也用优雅的动作把茶杯递给我："很好喝，你尝尝。"

"有柠檬和糖吗？"

听到我的话，创也脸上露出一丝不悦："你先尝尝。如果不喜欢这个味道，柠檬也好，糖也罢，随便你加。"

我缩着脖子，小心翼翼地啜了一口。

"创也……"

"怎么了？"

"你刚才是不是说，你不会撒谎？"

"啊，偶尔也会。"

"我相信你。"

创也没有撒谎，这确实是我喝过的最好喝的红茶。喝完这杯大吉岭，我恐怕很难再接受其他红茶了。

创也说："不清楚你的口味，所以我只用了最基础的沏茶方式。下次我会试着调一下水温。"

"水温？"

"比起开水，92℃的水更能激发出红茶的香味。"

"……"

我无话可说。沏一杯红茶而已，竟然还需要用温度计测量水温……

"我能问你一个问题吗？"创也放下茶杯，直视着我问道，"你来这儿的目的是什么？"

听到这个问题，我愣住了。

"如果只是想跟我聊天，在学校也可以吧？但你显然不是为了聊天，所以你千辛万苦地穿过小巷，破解陷阱，爬上四楼，究竟是为了什么？"

我对上创也认真的目光。

的确，跟创也相处并不算轻松。他总是一个人待着读书，也不懂如何跟人聊天。然而，为了跟他的约定，我甚至拒绝了朋友的聚会邀请……被朋友贴上"不合群"的标签，可是一件很不妙的事情！可即便如此，我还是选择了来这里，而且是历经重重难关才终于来到了这里。我究竟为什么要这么做呢？

我思考了一会儿，然后做出了回答："或许是因为'好玩'吧。"

是的，也许"好玩"才是最接近我内心真实想法的答案。"找到创也"这个最初的目标已经在不知不觉中消失得无影无踪，现在对我来说，识破陷阱并抵达四楼这个过程本身才是最有意思的。

说完，我开始观察创也的反应。他和平时一样，表情毫无变化，不过眼神像科学家观察小白鼠一样打量着我。

我从衣服口袋里掏出钥匙，放在桌子上："钥匙还给你。谢了。"

虽然嘴上这么说，但其实我并不想把钥匙还给他——没了钥匙，就再也进不来了。那把银色的钥匙静静地躺在桌上，成了横亘在我和创也之间的界线。

创也将手伸向桌子。然而，他并没有拿走那把钥匙，而是展开了手掌。随即，一个钥匙扣垂吊在他的手掌下——是一个戴着圆眼镜的大胡子爷爷玩偶。

"这座城堡的钥匙只有两把。迄今为止，我没有把钥匙交给过任何人。第一个拿到这把钥匙的人是你，我很欣慰。"

嗯……这说明……

我和大胡子老爷爷对视着，陷入了思考。顺便说一句，这个玩偶长得可真奇怪。

"这是约翰·华生，是买书的赠品。我的钥匙扣是夏洛克·福尔摩斯。"

创也给我看了看他的钥匙扣。长着鹰钩鼻的福尔摩斯晃来晃去的，还挺可爱。

"快把钥匙扣挂上吧，这样钥匙就不容易弄丢了。"

嗯？也就是说，钥匙不用还了？

"这是一把嵌有磁石和 IC 芯片的特制防盗钥匙。所以，一旦弄丢，可没有备份。嗯……这是我们的城堡的钥匙，你一定要好好保管。"

创也的表情一瞬间看上去竟有些柔和，目光里似乎还带着笑意。

我把钥匙挂到圆眼镜华生的钥匙扣上："好吧……既然你都这么说了，那我就勉为其难收下吧。"我竭力克制住内心的狂喜，故意硬邦邦地回答道。

看到创也起身去换唱片，我突然想问问他。

"创也，你喜欢听电影配乐吗？"

"并不讨厌。至少，它比滥用外来语的词穷的流行乐要强上百倍吧。"

明明只要回答喜欢或不喜欢就可以，这家伙却非要添上一番冷嘲热讽。

"那下次我带几张唱片来可以吗？"

"嗯……或许偶尔听一听电影配乐也不错。"

就这样，我拿到了城堡的钥匙。今后，这把钥匙会为我带来什么样的体验呢？

握紧手中的钥匙，我此刻的心情好像期盼春游一般。

浅谈龙王创也与城堡

自从我拿到城堡的钥匙以来，不知不觉已经过去了一个月。

这一个月里，我并不是每天都去城堡报到——初二的学生看似清闲，实则忙得要命（尤其是像我这种被困在补习班里的学生）。不过，要是碰上周末有空，我就会带几本想读的书到城堡去。穿越那条小巷子，对现在的我来说，不过是小菜一碟。

"你想走捷径，所以才会被巷子里的物品绊倒。"

为了走起来方便，我曾经向创也提出清理巷子的建议，但被拒绝了。

"路上的东西只是待在那儿，从没想过要干扰你。所以你呢，也不要总想着抄近路。路上有障碍是很正常的，只有想清楚了这一点，你才能找到前进路线。"

"嗯……？"创也的话很是难懂。

不只如此，他还喜欢挖苦人，一听他说话，我就容易上火。我们之间迄今为止都没有爆发过拳脚冲突，想必是因为我很能忍。

在学校的时候，我很少和创也说话。他大部分时间都在图书室，回到教室也是一个人安静地看书，而我则会和达夫他们聊电视节目和漫画。那城堡中的创也呢？我只能说，和在学校里差不多。他几乎不会主动找我聊天，要么对着电脑把键盘敲得咔嗒咔嗒响，要么坐在沙发上读书。所以我也只好随便翻翻书，或是听听唱片打发时间。

那天，创也坐在沙发上读书，我则躺在他对面的沙发上读书。但很快，手中的书就看腻了，我开始翻看堆在墙角的杂志和漫画。这时，我的脑海中忽然冒出一个问题。

"创也，你看书的时候总是坐得这么端正吗？"

创也点了点头，没有说话。

嗯……虽然不是什么值得骄傲的事情，但我读书的时候，的确总是东倒西歪的。因为在我家，即使躺着读书也不会被训斥——我家的宗旨是"书这种东西，就是要放轻松、躺着读"。

"坐着阅读是我的癖好。"创也终于开了金口，也为短暂的聊天画上了终止符。

我的视线又回到了书上。

我每次来城堡时，创也基本都在。偶尔碰上他不在的时候，我就打打游戏，自己沏些红茶来喝。

只有一次，我顺便也为创也沏了一杯红茶。他抿了一口便对我说："你知道这里没有砂糖和柠檬吧？"

自此以后，我便只沏自己的了。

城堡里有很多游戏机和游戏软件，从我闻所未闻的古老机型到最新型号，各式各样，应有尽有。不得不说，他可真会捡。此外，还有一些没有外壳的街机主板。据创也说，这是电玩中心的工作人员从闲置的街机上拆下来送给他的。

有台旧电脑上安装的一款游戏软件我很喜欢。虽然它画面粗糙，也没有背景音乐，但剧情引人入胜。我非常着迷，在家的时候也想玩，于是问创也这款游戏可以去哪里买。

"外面买不到。这是我提供脚本，拜托程序员朋友帮忙试做的游戏。"

好……好厉害！

"这个游戏有趣吗？"创也小心翼翼地问道，神情就像考完试后紧张地等待成绩单时的样子。

"特别有趣！我想在家里玩，可以带回去吗？"

"不可以，这款还不行。"创也伸手切断了主机电源。哔的一声，电脑黑屏了，刚才还在和我并肩战斗的游戏主人公瞬间从屏幕上消失了。

"啊！"

这款游戏没有存档功能，这下又要从头再来了……

"还不行，这种水平……"不顾因游戏中断而哀号的我，创也坐回沙发上自言自语起来。听到他不停地小声嘀咕"不行，不行"，我心里暗想：这游戏真有那么糟糕吗？至少我觉得还是很有趣的。不过对完美主义者创也来说，或许还有很多地方需要完善吧。

创也叹了口气，起身沏了两杯红茶，把其中一杯放到了我面前。

"五年……"创也说，视线没有离开杯子，语气也一如往常，"接下来五年之内，我一定会做出一款更好的游戏，那时你会是它的第一个玩家。"说完，他瞥了我一眼。

嗯？我好像在创也的眼神中发现了一丝——也只有一丝——不安。总是充满自信，满脸写着"我的字典里没有'不可能'"的创也，第一次被我捕捉到这样的表情。

我还没来得及再仔细分辨、回味一下，创也就恢复了平常的样子。他伸直双腿，向后躺下去，窝在沙发里，说道：
"如何？帮我试玩一下吧。"

"没问题！"我用力地点了点头。

虽然创也说话总是让人恼火，但是他能逐渐卸下心防，对我展露出不同的情绪，倒是一件令人开心的事。

不过，我对创也的了解还是太少。他是龙王集团的独生子，成绩优异，这些我倒是早就知道。我进入城堡之后，又发现他喜欢古典乐和大吉岭红茶，还有他读书的时候喜欢坐得端端正正的——仅此而已。

关于龙王集团，我也简单地介绍一下吧——接下来这一段读起来会有点儿严肃，请不要在意，毕竟我是看着历史课本写的。

龙王集团是日本明治时代[1]末期发展起来的一大商业集团，第一次世界大战后进军政界。第二次世界大战结束后，龙王集团虽然经历了财阀解体，但是凭借顽强的生命力，再次成为一家规模巨大的综合型商业集团。

大家应该都听过"龙王集团，全方位助力您的生活"的广告吧？

我问过创也豪门生活是什么样的，结果被他用"不要问

1　由日本明治天皇当政的历史时代，具体时间为1868年至1912年。——编者注

我这种无聊问题"的眼神瞪了回来。

　　总之，创也似乎觉得我的提问都很低级，绝大多数时候都不愿意回答，但有关卓也先生的问题例外。

　　"对了，外边那条马路上总是停着一辆黑色的大型轿车，对吧？"

　　创也盯着电脑，点了点头。

　　"车上总是有个穿着黑西装的男人，你知不知道他是什么人呢？"

　　"是卓也先生。"创也轻描淡写地回答。

　　"你认识他？"

　　创也轻轻点头，视线旋即又回到了电脑屏幕上。感觉到我在默默等待着下文，他只好又转头向我补充道："他是龙王集团的员工。"

　　"……"

　　"……"

　　"然后呢？"

　　"母亲让他来盯着我，也可以说是我的保镖吧。"做了一番简短的说明后，他又飞速把头转了回去。

　　"太不可思议了！"我感叹道。

"什么不可思议？"

"你竟然有保镖！果然是豪门。"

"有钱的是龙王家，不是我。"创也看着电脑屏幕答道。每次提到家族和家人，创也都显得很不高兴。

见他沉默，我继续说道："还有啊……"

"什么？"

"啊……没什么。"

还有一件让我觉得不可思议的事我没有说出口，是有关创也对"妈妈"的称呼——他说的是"母亲"。虽然只是个细节，但恰恰就是这一点让我觉得他比我成熟很多。

"对了，有件事，我忘了跟你强调。"创也看向我，"你有勇气走进狮笼吗？"

什么意思……这怎么可能有勇气嘛！

"那么，赤手空拳与狼共舞呢？"

也不可能。

"那就不要去招惹卓也先生。"

"卓也先生……是狮子吗？"

"你可能难以理解，但是这个世界上其实有很多人强到超出你的认知。"

说完这句之后，不管我再怎么问，创也都不开口了。

接下来，让我介绍一下我们的城堡吧。这里是一座废弃建筑，共四层，被龙王集团从开发计划中剔除后荒废至今。它前后左右都被高楼大厦包围着，只有从空中俯视才能看到。城堡只有一个入口，就是那条夹在两栋大楼之间的窄巷。虽然每层都有窗户，但因为楼间距极窄，几乎没有光能够照射进来。站在楼顶上看周围的高楼，会产生一种置身深井的感觉。这里的电、煤气、水都被停用了，下水道还可以正常使用。只要有卡式炉和饮用水，也能进行一些简单的烹饪。

这么一来，有一件事情就很奇怪了。

我问创也："房间里的所有东西都是捡来的，对吧？"

创也点了点头。

"那我就不明白了，那条巷子那么窄，沙发和桌子这些大件家具，你是怎么搬进来的呢？"

听到这儿，创也失望地摊开手，反问我："如果是你的话，你会怎么做？"

"嗯……我会先把这些家具拆解成零件，搬进来之后再组装。"

"正是如此。稍微想一想就能明白。拜托以后不要再问我这种无聊的问题了，简直是浪费时间。"

这话一出，闲聊便很难再进行下去了。也正因为他这个态度，我最想问的问题始终没能问出口。

我其实最想知道的是，创也究竟为什么要一直待在城堡里呢？

创也在城堡的时候，要么读书，要么摆弄电脑游戏，有时候也会上网查查资料。但这些事在家也能做。难不成是在城堡可以见到我？不，肯定不是因为这个。不管我在不在，他都活在自己的世界里。

那么，创也长时间待在城堡的目的究竟是什么呢？

之前他说过，这里不是秘密基地，而是城堡。建立秘密基地是为了进攻，但建立城堡是为了守护。

创也想要守护什么呢？嗯……我毫无头绪。

"我知道你有很多疑问，"创也又突然开口，打断了我的思绪，"但我现在还不能回答，请你再等一等。不过要不了多久，不用我说，你自己就会找到答案。"创也微笑着说道。

他究竟是什么意思呢？

让我没想到的是，谜底揭晓的那一刻竟会来得这么快。

第二部

野餐路上，
注意安全

第一章
野餐前的准备

周五放学后。

考试周结束了，紧张的气氛烟消云散，学校里充满了欢声笑语。老妈对我的成绩还算满意，这让我感到如释重负。如果能趁此机会，取消几个补习班就更好了……但显然不太可能。

走进城堡，我看到创也又像往常一样对着电脑。

"我来喽。"

"嗯。"

还是老样子，简单打了声招呼之后，我沏了杯红茶。创也站起身，也给自己沏了一杯。

"考得怎么样？"我问他。

"数学考了90分。"创也只回了这么一句。言外之意，除了数学都是满分。

"真稀奇，你竟然会做错数学题。"

"不是做错了，"不知道是不是急于维护自尊心，创也的语速莫名变快了，"最后那道大题，我想到了另一种解法。我还在尝试的时候，时间不够了。"

也就是说，只要他愿意选用常规解法，还是完全可以拿满分的……

"你想到的那个解法，是正确的吗？"

"肯定是。只要时间充足，我就一定能解开那道题。"

"你跟数学老师确认过了吗？"

听到这个问题，创也一脸疑惑："为什么要跟老师确认？交卷之后我验证了自己的解法，没有逻辑矛盾。没必要什么都去问老师吧？"

好耀眼的自信。

"不过这次考试比以往更有挑战性，很有意思。真要去找老师的话，我倒是可以跟他道声谢。"

这次考试很有意思……这辈子，哪怕一次也好，我也想说说这句台词。

创也把椅子转过来，面向我说："说正事吧。你明天有时间吗？"

此时——是的，就是此时，我本应该意识到今天的创也看上去更加开朗，话还多得出奇。换作平时，如果我跟他聊考试，他绝对爱搭不理，只会一脸无聊地看着我。可是，当时我竟然丝毫没有察觉到他的异常！

我不假思索地回答道："明天？倒是没什么安排……"

"那太好了。下一个问题，你喜欢野餐吗？"

野餐？从创也的口中蹦出这种可爱的词，还真是新鲜。

"我喜欢郊游，不知道算不算你说的'野餐'。"

我话音未落，创也立刻语出惊人："好，就这么定了！明天我们去野餐。"

"野餐？和谁？"

"当然是和我啦！"创也看上去很兴奋。

跟创也去野餐……不不不，我简直不敢想象。我印象中的创也话少，喜欢喝红茶，喜欢窝在昏暗的城堡里与书和电脑为伴，会用一百种方式嘲讽别人，知识丰富、头脑灵活，但难以适应人际交往和社会活动。

我怎么才能将创也与"野餐"这种词联系到一起呢？

但是，去野餐……倒是个不错的主意。平时总在城堡里和创也聊天，偶尔去外面转一转，说不定能看到他全新的一面。

"那我们去哪儿呢？"

"保密。"创也神秘兮兮地递给我一张纸，"必备品我都写在上面了。你如果还想带点儿其他的，也可以带上，但还是轻装简行比较好。"

我看了看他打印的清单：

干粮、雨衣、雨靴（或者防水的鞋）、
手电筒、手表、打火机

"我们是早上出发，晚上回来吧？"看到创也点了点头，我接着问道，"那为什么要带手电筒？"

他笑了笑，没说话。

"雨衣和雨靴也是必须带的吗？我看天气预报，接下来几天都是晴天。"

创也依旧保持沉默。

"那我就不带雨衣了，带把伞吧。"

"没有必要。既然不下雨，带伞有什么用呢？"创也说。

我就说嘛！那为什么还要带雨衣和雨靴呢？

"还有，上面没写'盒饭'。"

"盒饭？不是写了'干粮'吗？"

话虽如此，但"干粮"这个词和野餐一点儿都不搭。

"零食呢？"

"你想带的话就带吧。"创也露出一副不耐烦的表情。

"预算控制在三百日元以内？"

"随意。还有，请不要问我诸如'香蕉算零食吗？'这种无聊的问题。"

他怎么知道我想说什么？还是提正经问题好了。

"带打火机又是为什么？如果不做饭，就不需要火吧。"

"我不会像你那样空手生火，所以就写上了。"

可是，野餐怎么会需要火呢？

"我们是要去野餐吧？确定不是露营？"

听到这话，创也笑了起来。

你知道和魔鬼交易的故事吗？为了让魔鬼实现自己的愿望，人需要在死后将灵魂交给魔鬼。虽然我没有见过魔鬼长什么样，但我感觉它索要灵魂时，笑起来的样子应该和现在的创也差不多。

"没有别的问题了？那么，明天早上七点，城堡见。对了，忘了告诉你，来之前先把东西寄存在车站前的寄存柜里，再像平常一样过来就可以了。"

"为什么？"

"我不想被卓也先生看到我们要去野餐。"

原来如此。卓也先生是创也的保镖，要是被他发现我们出去玩，事情就会变得很麻烦。

可是……

但凡有人知道创也所谓的"野餐"背后真正的计划，就算不是卓也先生，也一定会出手阻止的。别说卓也先生，我首先就会制止他，更别提跟他一起了。然而当时的我，却满心欢喜地以为这真的只是一次普普通通的野餐……

回到家后，我开始准备行装。

"明天我要和创也去野餐。"听我这么说，老妈非常高兴，她希望我多跟创也接触。"创也成绩那么好，你也学学人家。"这是我妈常说的台词。就这样，创也依靠自己优秀的学习成绩赢得了我妈的全面信任。成绩好真是可以为所欲为啊！

回到收拾东西的话题。总之，我把创也要求带的物品都塞进了背包里。然后，我拉开书桌的抽屉，取出一把小刀。这是我五岁的时候，奶奶送给我的礼物。野餐不一定用得着，但我还是把它作为防身工具带上了。

我想起了奶奶将这把小刀交给我时说的话。

"你知道拿着小刀时最重要的是什么吗？"

五岁的我摇了摇头。

"那就是，不用的时候一定要把它收回刀鞘里。"

奶奶手把手地教会了我如何使用和保养这把小刀。时隔数年再次将它从刀鞘里抽出来，银色的刀刃依旧闪着光，没有丝毫锈迹。

"刀具是我们的好帮手，但愚蠢的人会误伤自己。"

我像把奶奶的嘱托记在心里一样，将小刀小心翼翼地收进了背包里。

第二章
天气晴好，出发玩耍

第二天风和日丽，非常适合野餐。我把背包存进寄存柜里后，向城堡走去。和往常一样，那辆黑色大型轿车就停在城堡的不远处，卓也先生坐在里边。我冲他点点头，算是打招呼，之后便钻进了巷子。

来到四楼，创也正在读一张纸，上面有一些打印出来的文字。

"早。"

"来啦。"

简单打完招呼，创也将那张纸放进口袋，站了起来："我们准备出发吧。"

今天的创也比平时穿得更随意一些。脏兮兮的 T 恤，皱皱巴巴的牛仔裤，与他那清秀的长相和整齐的发型格格不入。

"你要带的东西呢？"

"和你一样，放在车站前的寄存柜里了。"

不愧是创也，行事严谨。

我们锁上门，从小巷往外面走。走上人行道之前，我们躲在巷口朝卓也先生的方向望了望。他正坐在驾驶位上盯着前方，我们如果就这么大摇大摆地走到人行道上，一定会被他发现。

"怎么才能不被他发现呢？"

听到我的问题，创也看了看手表："时间差不多了……"

什么意思？

这时，街道上忽然驶来一辆小型警车，停在了卓也先生的车前。两位女警走下来，敲了敲卓也先生的车窗。

"发生什么事了？"我摸不着头脑。

创也却很冷静："估计是有居民觉得这辆车很可疑，就报警了吧。"

卓也先生放下车窗，与对方进行了简短的交谈。之后，女警请卓也先生下了车。

"好，走吧！"创也突然间冲出巷子，在人行道上飞奔起来，我连忙跟上。

"卓也先生会被警察抓起来吗？"我一边跑，一边问。

"应该只是简单的调查。可能会给他开张违规停车的罚单，但问题不大。"创也听上去一点儿都不担心。

"警车来得可真及时，正好帮我们拖住了卓也先生。"

等等，我忽然意识到了什么。就在我们需要卓也先生离开工作岗位的时候，警车就恰好出现了……这未免太凑巧了吧？

我琢磨了一下，问创也："报警的居民……是叫龙王创也吗？"

"嗯，这是个未解之谜。"创也笑着说。

来到车站前，我们把各自的背包从寄存柜里取出来，背在身上。马上就要出发了，可我还是不知道我们到底要去哪里野餐。

"跟着我走就是了。"创也始终不肯揭开谜底。

我们穿过车站前的大马路，走进一片住宅区，步行了大概十分钟后，来到了一个小型的儿童公园。

我本以为要去很远的地方野餐，结果目的地却是车站附近的儿童公园。不过，偶尔去这种小公园放松一下也不错。虽然逛公园听上去不像年轻人的娱乐活动，但现在的初中生每天都这么忙，想在公园里度过一天的悠闲时光也无可厚非吧。

我把背包放在公园的绿色长椅上，然后向沙地走去。沙子里散落着许多玩具枪专用的粉色弹珠，可能是孩子们玩耍时留下的，我随手捡了几颗装进口袋。

然后，我又坐上了跷跷板。上幼儿园时，我总觉得跷跷板又大又重，现在却感觉又小又轻。创也看着我兴致勃勃的样子，无奈地耸了耸肩。我选择无视他的表情，尽情地享受这难得的野餐时光。

"我带了冰激凌，现在开吃吧。"

出来野餐，自然少不了冰激凌。当然，牛奶、奶酪等其他乳制品也都是不错的选择。为了防止冰激凌融化，我还特意在包里放了些干冰。我如此煞费苦心，创也却不屑一顾："休息时间到此为止，赶快背上你的包吧。"

"背上包？……这里不是目的地吗？"

"如果只是去个公园，我有必要邀请你一起吗？"创也的语气里带着无奈。

"今天的计划不是在公园里悠闲地野餐吗？"

创也没有回答，只是转过身，径直朝公园的角落走去。我只好赶紧背上包追了上去。公园的角落里有一个大象形状的洗手间，恐怕只有小孩子才能脸不红心不跳地走进去。

难道创也是为了去洗手间才半道进了公园？

然而创也并没有进洗手间，而是绕到了建筑物的背面，也就是洗手间和公园围栏之间的缝隙，然后蹲了下来。这是要做什么？

我越过他的肩膀看去，发现他面前的地面上有一个窨井盖。

接下来，创也从围栏边上的草丛里翻出来一件奇怪的工具。这件工具有个长长的手柄，整体形状类似吸尘器。

"这是什么？"我问道。

"你不知道？这是井盖开启器啊。"创也的语气，仿佛这是一个人人皆知的常识。我敢打赌，我老爸今年四十七岁了，他肯定也没有听说过这个东西。就算随便找些路人来，一百个人里恐怕也有九十九个人都不知道这种东西的存在（唯一知道的那个人一定是相关从业者）。

"这是干什么用的？"

"顾名思义，开井盖用的。"

创也在井盖的边缘架好开启器："现在大多数地方用的都是隐形井盖。但这种井盖用撬棍很难撬开，这时就需要井盖开启器了。有了它，我们就能安全快速地打开井盖。

而且这种新型的井盖开启器个头小，重量小，使用起来很方便。"

听完这一席流畅的解说，我依旧一头雾水。我只是觉得，此时如果旁边恰好有一位推销助理，想必他会与创也一唱一和道："真方便！"然后在创也报出价格（定价小数点后一定以9结尾）后还要说上一句："真便宜！"随后，屏幕下方便会出现一行订购电话……

我满脑子都是电视购物的画面，直到创也的声音把我从幻想里拉回来："内藤，你干什么呢？过来给我搭把手。"

我帮创也把井盖稍微挪开了一点儿。井盖不轻，但好在一个人也能搬得动。

"好了……"创也打开背包，掏出手电筒和雨衣。

看这情形，即使迟钝如我，也终于意识到自己掉进了陷阱。怀抱着一丝侥幸，我还是决定向创也确认一下我们接下来的计划。

"还用问吗？接下来，我们要进下水道。"创也一脸不可置信的表情。

果然……事到如今，我终于明白为什么创也坚持要带雨衣而不是雨伞了。不管外面下不下雨，反正下水道里都一样。

"来，快乐的野餐时间到了，准备出发吧。"

虽然我没有见过真的魔鬼，但此刻创也的灿烂一笑，看上去很像魔鬼的笑容。

"你为什么不早点儿告诉我？"

"怕你知道实情就不来了。"创也说。

确实，如果创也跟我说"我们去下水道吧"，我能当场说出三个拒绝的理由。但是现在都已经走到这里了，我总不能让他独自涉险……

我从背包里取出小刀，走到一棵树前，低下头默念道："抱歉，请允许我取一些树皮。"随后我用小刀剥下了四段大概两厘米宽的树皮，递给创也两段，让他缠在鞋子上。

"这个是防滑的，缠两圈就够了。"

创也听话地照做了。

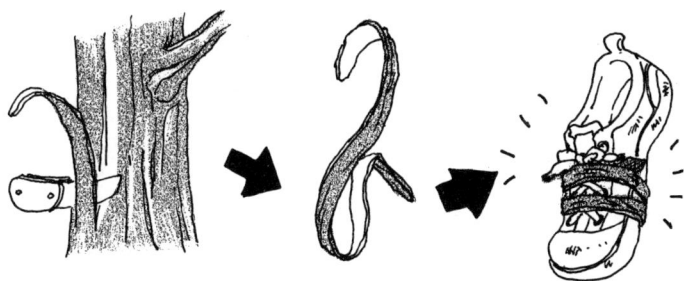

如果他一开始就跟我坦白，我也能早些做准备……我环顾公园，准备再搜罗一些能用的东西。可这大周末的，悠闲宁静的儿童公园里能有什么呢？

　　缺了一只手柄的跳绳，垃圾箱里的三个塑料瓶，还有两个塑料购物袋……这些东西感觉都派不上用场。但别无选择，我还是将它们全部装进了背包。干燥的树枝也要尽可能多收集一些。我还顺便捡了一块棒球大小的石头。

　　"喂，内藤！别再捡垃圾了，出发吧！"创也站在井盖旁冲我招手。

　　说到底，我是为了谁才在这里辛辛苦苦"捡垃圾"啊！

　　我把收集到的东西全部装好，问创也："你都带了些什么？"

　　"大吉岭红茶。放心吧，我用保温杯装的，咱们随时都能喝到可口的热茶。"

　　"……"

　　真是令人头疼。

　　"那么，我们走吧。"创也摘下眼镜，放进了包里。

　　嗯？创也摘下眼镜，还能看得清吗？

　　"这是平光镜，没有度数的。"创也解释道，"我和你一样，双眼视力 2.0。"

"那为什么要戴眼镜呢？"

"是母亲的意思。她说我戴上眼镜看起来更聪明。"

原来如此，小少爷的日子也不好过。

道具就收集到这里吧，我已经做好了心理准备。

现在就是奶奶之前说过的"紧急情况"：

"未雨绸缪，谋定后动，这样才能应对各种情况。只是，有时候命运不会给你准备的时间。如果遇到紧急情况，你要相信自己，充分利用好手头的东西，全力一搏。"

"这样就可以了吗？"小时候的我问道。

"嗯……只能'尽人事，听天命'。"

奶奶说的是"听天命"，年幼的我却听成了"挺甜蜜"。

"出发吧。尽人事，'挺甜蜜'。"

听到我的话，创也不解地问道："你说什么？"

"神秘的咒语，意思是'希望一切顺利'。"

下水道里很昏暗——这也难免。为了防止公园里的孩子玩耍时踩空，我们需要把井盖合上，这就把阳光隔绝在了外面。创也带的是头灯，不影响双手活动。我带的却是那种笔型手电筒。手里握着手电筒，很难往下爬。于是我从背包里拿出手巾和手帕，将它们系到一起，在头上围了一圈，并将手电筒固定在耳后靠上的位置。

一列弓形短杆镶在墙体里，一直通向井底。我踩了上去。创也比我先走一步，我低头便能看到他。

"据说这种梯子叫'塑钢踏步'，由金属制成。为了防止生锈腐蚀，现在很多厂家都会在杆外面包裹一层聚丙烯合成树脂膜。"创也认真地解说着我这辈子也用不到的小知识。

一路向下，我们来到了下水道的主管部分。这是一条直径大约七米的巨大管道，中间有水潺潺流淌，像一条小河。"小河"两边分别有一条狭窄的小路，四根电缆顺着管道内壁蜿蜒向前。

我跳下梯子（也就是创也所谓的"塑钢踏步"），打量着管道内部，看到几盏照明灯在两条漆黑的小路上散发着微弱的光芒。

"这条是雨水管道。"创也说。

我听说过，下水道分为生活污水管道和雨水管道两种。感谢上苍，让我们进了雨水管道。

"这就是好人有好报吧。"创也说。今天的他比平常话多，大概是因为来到下水道有些兴奋吧。

"我们继续前进吧。"创也说着往前走去。由于道路过于狭窄，两个人无法并排行走，我只能跟在创也身后。脚下都是湿滑的青苔，好在鞋底绑了树皮，我们才没有摔倒。管道里鸦雀无声，除了我们的脚步声，只有水偶尔滴落的声音。

"好想高歌一曲啊。"

看样子，创也心情不错，居然想在阴暗的下水道一展歌喉……

我们时而随着管道的弧度转弯，时而遭遇 T 字形的交叉路口。每走到一个岔路口，创也都会从兜里掏出一张打印纸查看一下。

"纸上是什么？"

"我在网上查到的下水道地图。"

网上竟然能查到这种信息？！

我问创也："你现在是不是可以告诉我今天出来野餐的目的了？"

只是在下水道里探险？事情绝对不会这么简单，这不是创也的风格。更何况每到一个岔路口他都会确认一下地图，也就是说，他有明确的目的地。

"我们休息一会儿吧。"创也倚着墙坐下来，我坐到他身旁。

"你听说过'四大游戏'吗？"创也突然问道。

我摇了摇头。

创也为什么突然聊起了游戏？我从未见他露出过如此认真的表情。这场下水道探险的起因或许就藏在创也接下来的话中，我决定安静地听他说完。

"古往今来所有游戏中，有四款被公认为最优秀。第一款是角色扮演游戏《牛肉罐头事件》，事件的源头是一个牛肉罐头。第二款是纸牌游戏《鼹鼠对上金枪鱼》，玩家会分成鼹鼠和金枪鱼两支队伍进行纸牌对战。鼹鼠和金枪鱼同时出现在一张桌子上，场面非常超现实。第三款是冒险游戏书《快递送到吉姆星》。这本游戏书以科幻小说的形式展开情节，玩家的任务是穿越太空，将快递送去吉姆星。"

听着听着，我的心情变得有点儿复杂。我为什么会在这样一个风和日丽的周六，躲在昏暗的下水道里，听创也聊游戏啊？

"这三款杰作发售之后，游戏界陷入了长时间的沉寂。

直到家用游戏机出现，《匣子斗士》问世了。"

"我听说过这款游戏。"这好像是一款动作游戏，以写字楼为故事背景，主角是一名公司职员。玩家需要应对不断袭来的文件和无业游民，补充生命值的方式是喝能量饮料。

创也娓娓道来："距离这四大杰作问世已经过去了二十多年，第五款杰作至今没有出现。已经过去了这么久，很多人觉得该是下一部杰作诞生的时候了。最近就有一些传言，说有一款名为《绯红梦境》的电脑游戏正在制作中，它很有可能成为第五大杰作。"

我从背包里掏出鱼肉肠，递给了创也一根。

这是我第一次听到《绯红梦境》这个名字，虽然不知道是什么意思，但总觉得有点儿可怕，又有点儿温暖，真不可思议。

创也咬了一口鱼肉肠，继续说道："一开始，我也觉得这只是个流言。毕竟，迄今为止有过很多类似的传闻。但是这一次不同，这一次没有人为操作的痕迹。"

"人为操作？"

"有些游戏公司为了制造话题，会故意放出这类传闻，给新作造势。这样做的目的是促进销售，所以我能从中感觉到一些刻意的气息。但是，《绯红梦境》相反。我甚至感觉这次的传言制造者并不想让所有人都接触到这款游戏。"

"这能说明什么呢？"

"说明《绯红梦境》的制作人并不想牟利，只是单纯地想要开发出一款杰作。"

原来是这样。我渐渐对这款游戏产生了兴趣。

"据说这款游戏的制作人名为栗井荣太。他的身份很神秘，传闻是位男性，但没有证据。年龄也不详。目前我只知道他不隶属于任何游戏公司，是位自由游戏制作人。"

"游戏制作人？"我第一次听说这种职业。

"简单来说，就是专门制作游戏的人。你对游戏制作了解多少？"

这个问题回答起来很简单。我伸出右手食指左右晃了晃，表示"完全不了解"。

创也叹了口气，开始了他的游戏小课堂。

"以前，也就是我们出生之前的年代，想做游戏，只需要一个程序员就够了。比如说《打砖块》这样的小游戏程序，就连我都可以写出来。那个时候，只要有个键盘，就能制作出一款小游戏。但现在不同，一款游戏需要几十人，有时甚至需要上百人分工协作。"

想想也是，回想我曾经玩过的一些游戏，只靠一个人肯定是做不出来的。

"游戏团队的成员可以大致分成技术人员和管理人员两类。技术人员包括程序员、原画设计师、音频设计师等。这些职位的工作内容你都清楚吗？"

我答道："程序员负责编程，原画设计师负责画画，音频设计师负责配乐，对吧？"

创也赞赏地点了点头："没错。管理人员则分为制作人、导演和游戏策划等。"

我举手提问："等一下，制作人和导演有什么不同？"

创也露出柔和的微笑，仿佛在说："好问题。"

"制作人负责统筹管理，比如组织团队、规划日程和管理预算等。至于导演，就类似于电影导演，责任最重，对内容有最终决定权。游戏策划呢，简单来说就是贡献创意的人。明白了吗？"

我还是糊里糊涂的，只能含混地笑了笑。

"除此之外，还有编剧。编剧决定的是游戏剧情，刚刚讲到的游戏策划，决定的是游戏玩法。"

糟糕，专业名词太多，我的脑容量已经不够用了。但有一件事我听明白了：研发出一款游戏需要很多人齐心协力。

"但是，《绯红梦境》很特殊。"创也很肯定地说，"现在电子游戏的制作是一项庞大的工程，单是原画设计就可以细分为角色设计、背景设计和动作设计等。分工越细，需要的人就越多。况且除了原画，一款游戏还要有配乐、剧情等多种要素。这么多的制作工作，据说都是栗井荣太独自完成的。"

看到我呆愣的表情，创也换了一种更简单的说法："这件事的惊人程度就好比一个人拍电影，他要同时负责写剧本、招商、出演、拍摄，甚至还要完成后期剪辑和配乐。"

"这岂止是惊人，简直是不可能。"

"我也这么觉得。但《绯红梦境》的制作团队，除了栗井荣太之外，我也确实没有听说过其他人。栗井荣太该不会真的要独自完成《绯红梦境》的全部制作吧？"

说到这里，创也嘴角向上一挑，笑道："你看，这是之前出现在论坛上的一则留言。"

创也递来一张纸，上面是一个昵称为"世界卫生组织"的用户留下的简短发言：

> 很快，《绯红梦境》就要揭开它的神秘面纱了。初始版本已经制作完成。

"这网名真有意思。"

"你知道'世界卫生组织'的英文缩写吗？"

经创也一问，我想起来好像是"WHO"——英文"谁"的意思……这位神秘的"WHO"可真是个爱开玩笑的人。

"这条留言可信吗？"

创也耸了耸肩："不知道。总之，关于《绯红梦境》的信息太少了。"创也的语气有些急躁，不像往常那样冷静。

我问道："那个栗井荣太可能就藏在某个地方。你有线索吗？"

创也摇了摇头："为了抢先获得第五大杰作的发行权，很多游戏公司都在寻找他。游戏爱好者们当然也一样，他们比其他人都更想早一点儿玩上新游戏。"

我能理解这种心情。对游戏爱好者来说，成为新游戏的第一批玩家，应该是非常值得自豪的事情吧。

"所以，大家动用了各种方法去搜寻栗井荣太。例如，栗井荣太要制作游戏，用电量肯定不小，于是有人去排查了耗电量大的建筑。制作游戏要依赖网络，因此也有人通过收集网络数据来分析他的位置。"

原来如此。我突然回过神来，意识到了什么。多亏了创也的倾情授课，我总算明白了游戏是如何制作的。但这一切和今天的下水道探险有什么关系？

这时，创也冷不丁地冒出一句："内藤，如果你想秘密地开发一款游戏，你会躲在什么地方？"

"啊？……深山里的小村庄？山里应该也通电吧……"

"小村庄里的外地人很惹人注目。如果只是躲在哪个小村庄里，马上就会被狂热的游戏公司或者游戏爱好者捉个正着。"

"那如果是你，你会躲在哪儿呢？"

"这里。"创也弯曲食指，指了指脚下，"全国上下，凡是通电的地方，都会成为人们怀疑的目标，唯独下水道是个例外。这里既通电，又有网络信号，只需要一台电脑，就可以悄无声息地制作游戏。如果我想得没错，那栗井荣太十有八九正躲在下水道里开发游戏呢。"

如果我想得没错，创也十有八九是想多了。

创也看到我怀疑的眼神，从包里拿出了另一张纸："这是最近一周网友们在'怪事一箩筐'话题下发布的帖子。"

创也突然换了一个话题。他应该有自己的逻辑，可惜我只是个凡人，时常搞不清他的脑回路，只好先看了看他递来的纸。

纸上记录着很多怪事，比如"宠物狗看了综艺节目之后会大笑""偶遇了与自己十分相像的人"，再比如"人行横道一夜之间换了个地方"，等等。

"这些……怎么了呢？"我问创也。

"你没发现什么不对劲？"创也从包里拿出饼干，顺手递给我一块。

"嗯……记录'路人突然消失'的帖子有整整四条。"

"是的。这些'消失事件'都是在死胡同或者人迹稀少的公园里发生的，并且'消失的路人'也很相似，都是穿着西装的男性上班族。于是，我联系了这些发帖人。"

"你是怎么说的？"

"我问他们，上班族消失的地点附近有没有井盖。"

"然后呢？"

创也得意地笑了："果不其然！所有人都说附近有井盖。"

我终于跟上了创也的思路。他也在寻找《绯红梦境》的开发者——栗井荣太。虽然栗井为人十分低调，但创也通过分析网友留言，推断这位神秘的游戏制作人很有可能是利用下水道做掩护。这便是我们深入下水道的原因了。

不过，我还有一个地方不明白。

"你为什么这么想见栗井荣太？虽然你很了解游戏，但我想你应该不是那种狂热爱好者吧？"

创也沉默半晌，似乎在犹豫要不要说出心里话。

"你不会笑话我吧？"创也看着我问道。

为了让他放心，我露出自认为最认真的表情并摇了摇头。创也这才缓缓开口。

"因为我想成为最优秀的游戏制作人，"他的眼神看起来格外真诚，"我的梦想就是制作出一款出色的游戏，能够超越四大杰作——不，包括《绯红梦境》在内的五大杰作。"

"……"

"所以，我想见见栗井荣太。我想知道他的构想和计划。"

我插话道："为了做参考？"

创也果断地摇了摇头："正相反，是为了避免与他的作品相似。我不想步人后尘，走了模仿的路，再想超越就难了。

我要见他，然后去做他做不到的事情。"

此时的创也眼中充满了热忱。听了他的话，我不禁有些敬佩他。创也跟我同年，身为一个初二的学生却拥有如此宏伟的梦想，并且为了实现自己的梦想，他一直全力以赴。

"你太厉害了……"我不由得脱口而出。

我开始反思自己：我有梦想吗？小学毕业时，我写的梦想是什么来着？好像是成为作家……但是这个梦想仅仅停留在纸面上，我并没有为此付出过任何努力。

老师要求我们写下自己的梦想，我就随便写了写。其实我并不是非要成为作家——我总是对自己这么说，然后找各种借口，原地踏步。但创也不同，他不仅有梦想，还付诸了行动。

此时此刻我终于明白，创也是为了开发游戏才整日窝在城堡里。创也将那栋废弃大楼称为"城堡"，是因为他想要守护自己的梦想。

创也是龙王家的独生子，周围的人当然都希望他将来能继承家业，可他的梦想却是制作游戏。所以他才不得不躲在城堡里，守护自己的梦想。

我忍不住又说了一遍："嗯，你真的很厉害！"

"你不笑话我吗？"

"为什么笑话你？怎么会笑话你呢？"

"你不觉得我太幼稚了吗？"

"不。我只觉得你真的很厉害！"

我开始想，我也能像创也一样找到属于自己的梦想吗？有了梦想，我也能像他一样坚持不懈地为之努力吗？

想着想着，我突然冒出了一个念头。

"我决定了！"

我猛地站起来，创也见状诧异地望着我。

"我要帮助你实现梦想！在帮助你的过程中，或许我也能找到属于我的梦想。"

是的，为了我的梦想，我决定和创也一起去冒险。

"那么，我们走吧，为了第六大杰作！"创也握住我伸出的手，站了起来。

第三章
茶点时间到

　　自我们进入下水道已经过去了一个小时。依靠着创也的地图和指南针，我们在复杂的管道系统中前行，逐个排查网友们提到过的消失事件发生地。

　　"有什么线索吗？"

　　创也摇了摇头。没找到任何线索，他看上去很疲惫。不过，俗话说好事多磨，我本来也不觉得调查能够一帆风顺。我跟在创也身后，心情还算轻松。为了缓和气氛，我向他提议道："我们吃点儿东西吧，说好了今天是出来野餐的嘛！"

　　我把耳边的手电筒摘下，随手挂在下水道内壁的一根电缆上，然后靠在墙边坐下。接着，我从背包里掏出饭团、鱼肉肠、冰激凌、饼干和咸牛肉罐头，通通摆在脚边。

　　"你的午餐还挺丰富……"创也显得有点儿无奈。

　　"野餐怎么能少得了鱼肉肠和冰激凌？"我剥开饭团的包装纸，一口咬下去。

　　创也把保温杯递给我，说了句："红茶给你。"随即也从自己的背包里拿出一份三明治吃了起来。

周围光线昏暗，目之所及除了因青苔和霉菌而变色的水泥墙壁，就只有浑浊的"小河"在我们面前汩汩流淌。但我却像在高山草原野餐一般心旷神怡。

"心情真好！"我开始吃第二个饭团，还不忘提醒创也，"还有冰激凌哟。"

还好我带了干冰，冰激凌还冒着凉气，完全没有要融化的迹象。

忽然，我注意到小路上有点点微光在闪烁。怎么回事？我扫视左右两侧的小路，发现两边都闪着若隐若现的红点。看着看着，红点的数量仿佛还越来越多了。

"那是什么？"我问创也。可他也毫无头绪。

我摘下挂在电缆上的手电筒，照向那些红点。

"吱！"

手电筒的光打过去，一阵指甲划玻璃般的尖厉叫声随之响起。被光照到的地方突然蹿出来许多老鼠。

"……"

"……"

那些若隐若现的红点竟然是老鼠眼睛发出的光！

"创也……你喜欢老鼠吗？"

"蟑螂我不行，老鼠倒还可以接受。"

"这么巧。我也很讨厌蟑螂。"

"老鼠还是很可爱的。我小时候有顶帽子，上面就印着米老鼠。"

"还有部漫画就叫《太空飞鼠》[1]呢。"

"在《猫和老鼠》里，我也更喜欢杰瑞。"

"我也是，我也是！"

我们心知肚明：刚刚的这些闲聊，只是为了逃避现实。

我把还没吃完的食物放回包里，只留下两杯冰激凌，并递给创也一杯。吃着冰激凌，我看了看眼前的小路。

右边，也就是来时的路，微小的红点若隐若现。

左边，也就是要走的路，微小的红点若隐若现。

而且红点的数量越来越多。真是糟糕……

我不禁又想起了奶奶说过的话。

"在山里露宿的时候，你知道应该小心什么吗？"

"野狗和野猪？"

听到我的回答，奶奶说道："提防野兽是对的。但你要注意的不仅仅是大型野兽，一些小生物比你以为的更可怕。"

---

1 福克斯公司于20世纪40年代推出的一部漫画作品，主角是一只拥有神力的超级老鼠，披着披风打击坏人，拯救世界。——编者注

"小生物？"

"比如蚂蚁和老鼠。入睡之前，一定要检查周围，确定没有蚁穴和老鼠洞。"

听奶奶这么说，我笑了起来，因为我觉得蚂蚁和老鼠一点儿都不吓人。

"只有一只确实不可怕，但成群结队的蚂蚁和老鼠比野狗恐怖上百倍。"

"成群结队的老鼠"，可不就是眼前这个情况吗？我在心里恭恭敬敬地向奶奶道了谢，结束了回忆。不过奶奶，下回能不能别光提醒我小心，也该告诉我如何应对吧！

"这些应该是沟鼠。"创也观察了一会儿说道，"鼻头圆钝，体形较大，是沟鼠的特征。"

不愧是你，"百科全书"。

"除此之外，沟鼠还有什么特征吗？"

"它们适应环境的能力非常强，遍布世界各地，擅长游泳，贪吃，好斗……"

"擅长游泳……"也就是说，即便我们逃到污水中也没用……

"它们虽然什么都能吃，但更爱吃动物蛋白。"

动物蛋白？人又何尝不是一种动物蛋白？我和创也，命悬一线啊！

　　"有没有一种可能，这些沟鼠也是结伴来野餐的？现在午餐时间刚过，它们也吃得很饱。"我强颜欢笑道。

　　创也冷静地说道："沟鼠一天的进食量必须达到体重的百分之三十以上。可以说，它们时刻都处于饥饿的状态。"

　　我开始心算：假设一只沟鼠的体重大概三百克，体重的百分之三十也就是九十克。假设这里有一千只沟鼠，那么它们需要的食物重量就是九十千克。

　　"这里大概有多少只沟鼠？"

　　"应该超过一千只了吧。"创也答道。

　　我和创也的体重加在一起恐怕也没有九十千克。也就是说，我俩加起来都不够这些沟鼠饱餐一顿的……

　　情况这么危急，我们该怎么办？

　　我看向创也，发现他竟然十分镇定，甚至露出了胜券在握的微笑。

　　"你想到什么好办法了吗？"

　　然而他说："完全没有！"

　　那你在笑什么呢？！

"如果只有我一个人，我确实会恐慌。但因为你也在这儿，我莫名地感到很安心。"创也依旧笑得阳光灿烂，"我感觉和你待在一起，总会有办法。"创也轻松的语气和面前的严峻情势形成了鲜明的对比。

不知是不是错觉，沟鼠的数量好像更多了。我试着把空的冰激凌杯扔向鼠群的方向。

沙沙！

小小的红光瞬间吞没了空杯子，吃相令人叹为观止。

"它们的食欲确实很旺盛啊。"

口袋中还有我从沙地上捡的玩具枪弹珠。但仅凭这十几颗弹珠是无法抵挡面前这一千多只沟鼠的。

只能这样了……

我从背包里取出三个空塑料瓶，把手头的干冰装了进去。为了增强威力，我还放了些弹珠。

"创也，红茶还有吗？"

创也点了点头。

于是，我把保温杯中的红茶也倒进了塑料瓶。干冰与滚烫的红茶发生了反应，浓浓的烟雾从瓶口溢了出来。

如果这会儿是在播放电视节目，那么画面两边一定会打出提示语：请小朋友们不要模仿。我当然也不想铤而走险，毕竟谁也不愿意被干冰炸掉手指。但在这个紧要关头，我也没有别的选择了。

我将其中一瓶制作好的"干冰炸弹"递给创也："拧紧瓶盖后立刻扔向鼠群。"

说完，我们对视一眼，一起拧紧瓶盖，然后迅速将塑料瓶朝着鼠群扔了过去。塑料瓶很快湮没在鼠群中。

接着，嘭的一声巨响，塑料瓶爆炸了。

"就是现在！"

沟鼠们四散逃窜，我和创也趁机冲了出去。途中遇到好几个岔路口，我们没有时间分辨方向，全凭直觉狂奔，因为一旦停下脚步就有可能成为沟鼠们的盘中美餐。我们一直跑，一直跑，直到双腿酸软才终于瘫倒在路上。还好，沟鼠们没有追上来。

"得救了……"我说道。

呼吸渐渐平缓，我的心情却并没有好转。刚才的爆炸炸死了几只沟鼠。奶奶明明教导过我，不要轻易杀生……

"刚刚如果不那么做，有危险的就会是我们了。"创也说。

他说得对。我平复了心情，说："赶紧找到栗井荣太，

尽早回到地面上去吧。"

我们站起身来，创也却愣在了原地。

"怎么了？"

"没怎么……我在想我们要往哪个方向走。"

"你不是带了地图吗？"

"确实带了。但是如果不知道自己的所在地，地图就是一张废纸。"

听到这话，我的大脑开始飞速运转。不知道自己的所在地？

我环顾四周："所以，这里到底是哪儿？"

创也摊开双手，耸了耸肩。我们俩，好像迷路了……

我看了看手表，时间刚过中午。

为了找到通往地面的井盖，我们决定先出发再说。不过比起井盖，创也应该更想找到关于栗井荣太的线索吧。

在昏暗的下水道里迷失方向，情况确实不容乐观。但我们还算冷静，毕竟这儿不是什么深山老林，下水道总归还在城市里。在我们头顶之上，还有不计其数的行人和车辆正在来来往往。再退一步说，我并不是孤军奋战。

虽然没有明媚的阳光，没有绿色的草原，更没有柔和的微风，我却格外享受这样的散步时光。至于找不到回家的井盖这件事，我选择暂时不去考虑。

第四章
清点行装别忘带

我们又步行了大概两个小时。

创也一边走，一边搜寻着栗井荣太的蛛丝马迹。他现在肯定满脑子都是"找到栗井荣太"，而不是"找到回家的路"。但我要二者兼顾，因为我实在不想沦落到以进食沟鼠为生的境地。所以，我跟在创也后面，默默地努力寻找井盖。

天助我也，我发现了一个井盖。只要能从这里出去，就能顺利返回地面。我紧张的心情稍微放松了一些。

这时，创也突然停住了脚步。他转过头来冲我一笑："Eureka[1]！"

我顺着他手指的方向看去，影影绰绰中，依稀可见前方的小路上堆放着几个木箱，一台电脑正在木箱上散发出荧荧亮光。电脑周围，大小不一的各式机器通过数据线连接在一起。

我愣住了："这是……什么？"

---

1 古希腊语，意为"我发现了，我找到了""有了"。传说古希腊学者阿基米德曾经烦恼于如何计算浮力，后来在泡澡时忽然有了灵感，于是他惊喜地大喊："Eureka! Eureka！"——编者注

创也解释道：“是秘密基地。当然，是栗井荣太的。”

昏暗的下水道里突然出现这么多台机器，红、绿、蓝等各色光点不停闪烁，在管道壁上照射出神秘的图案……不知为何，我感觉连气温都下降了好几度。这片区域似乎并不属于人类，眼前这些机器才是真正的主人，每一台机器都仿佛拥有生命。

而这里的主人——栗井荣太，究竟是何方神圣？

“好厉害……”创也看着这台电脑赞叹道，“像这台电脑，已经是老古董了，但经过改装和维护，还在正常运作，估计连 CPU 也换成了最新的！”

创也惊叹不已，可惜我对电脑一窍不通。比起这些，我觉得能从下水道的电缆里引电这件事更厉害。不过，这算不算偷电呢？

我和创也看了看电脑显示器，画面中不时会出现各种各样的猫，音箱里偶尔还会传出猫叫声。

“在满是老鼠的下水道中用猫的照片做屏保，品位很独特嘛。”创也评价道。

“是用猫的照片来驱赶老鼠吗？”

“怎么可能？这种骗小孩子的屏保是赶不走老鼠的。”创也说着，指了指连接在电脑上的某台机器。这台小小的机器闪烁着红灯，两只喇叭好像动物的眼睛。

"真正起作用的是这台机器。老鼠最讨厌的声波大概在32Hz 至 62Hz 之间。这台机器可以释放出这个区段的声波，让老鼠不敢靠近。"

原来如此。

创也按了几下键盘，解除了屏保。进入桌面后，电脑开始自动播放一段视频。

"这就是栗井荣太……"创也说。

画面中是一个身穿西装、头戴软呢帽的男人，年龄应该在三十五岁以上，脸颊瘦削。他的脸上蒙着一层雾气状的马赛克，看不清长相。

> 欢迎。

音箱中传来男人的声音。

> 我的名字是栗井荣太，也就是你在找的《绯红梦境》的创作者。

我和创也对视了一眼。我们终于找到他了。

> 我并不知道你是谁，是男是女，多大年纪。
>
> 我只知道，你为了找到我一定收集了很多信息，走遍了下水道，才抵达这里。

男人的声音听上去没有任何感情，就像是电子合成的一般。

> 你好不容易找到这里，却只能通过显示屏与我交谈。
>
> 请原谅我礼数不周，我实在不擅长与人打交道。

马赛克之下，栗井荣太的嘴角突然上扬了。他应该是在微笑吧。

> 那么回到正题。你千辛万苦寻到这里，的确很不容易。但很抱歉，我现在还不能向你展示

《绯红梦境》。

《绯红梦境》就在这台电脑中。但我认为它
还只是个半成品。

创也认真地听着。

传闻中的第五大杰作——《绯红梦境》就在眼前这台电
脑里。

即便如此，你也想拿到《绯红梦境》吗？

我们能够感觉到栗井荣太那试探的目光。他仿佛正盯着
屏幕前的我们。

创也点了点头。

不好意思，我不能答应你。

我也有作为游戏创作者的尊严。

无论人们如何评判我，我自己不满意的作
品，我是绝对不会公之于世的。

说罢，画面中的栗井荣太从口袋里掏出一个小玩偶。这个玩偶有着尖尖的耳朵和长长的尾巴，全身漆黑，手握一根长枪，很像描绘虫牙的绘本里常见的细菌形象。

> 　　这是我开发的电脑病毒。这个病毒即将攻击这台电脑，并清空所有数据。

　　"他是要把自己辛苦制作的游戏删掉吗？"

　　我刚问出这句话，栗井荣太便像预判了我的问题一般，紧接着答道：

> 　　不用担心。我有数据备份。

　　栗井荣太朝着镜头将手里的玩偶递了过来。紧接着，神奇的事情发生了：玩偶竟穿过了正在播放的视频边框进入电脑桌面，然后一个接一个地破坏桌面上的图标。这个病毒还真是形象生动。

　　创也连忙尝试操作键盘和鼠标，但病毒完全没有停下的意思。

> 对了，我忘了一件事。

栗井荣太又出现在了画面上。

> 还不知道你的年纪，有点儿遗憾。
>
> 如果你很年轻，不知道你有没有听说过《碟中谍》？

然而创也并没有听。他把键盘敲得咔嗒作响，拼命地想要阻止病毒的行动。

> 我很想说一遍里面的两句台词。

隔着马赛克，栗井荣太狡黠地笑了。我总觉得这个笑容似曾相识，很像创也冒出鬼点子时脸上那种笑。

> "你，抑或你的队员，无论接下来会遭遇什么，都与我无关。"

> "这台电脑将会自动销毁。一路顺风。"

话音刚落，电脑背后便突然升起了一股白烟。

糟糕！

本能告诉我要尽快离开这里，可创也还紧抓着键盘不放。我伸手想要把他拉走。

"但是……《绯红梦境》……"

"先别管这个了，逃命要紧！"

我拖着创也迅速远离了那台电脑。就在我们跑出差不多十米远的时候……砰！电脑发出一声巨响，炸得四分五裂。紧接着，几束烟花升了起来，直冲下水道的顶部，迸射出灿烂的火花。

"……"

我和创也怔在原地，呆呆地看着电脑残骸上方绽开的烟花。

"做得够彻底的……"

烟花熄灭，下水道中又恢复了宁静。我和创也开始检查电脑的残骸：主板被炸飞，数据线也断裂了。

"利用这堆东西，有可能恢复数据吗？"

创也缓缓地摇了摇头。

想想也是……

突然，我在残骸之中发现了一个干净的白色信封。那会是什么呢？

我拾起信封，用手电筒照了照信封内部。信封里似乎有一张印着"邀请函"字样的卡片。我把卡片取出来，翻过来查看。可背面只有一个黑条，没有任何文字。

"被戏弄到这个程度，我已经无话可说了。"创也说着就要把卡片扔到污水里。

"啊，等一下！"我从创也手中抢过卡片，收进背包里，"权当是今天的纪念吧。"

听到我的话，创也耸了耸肩。他看上去无精打采的。不过我能理解他的心情，他费尽千辛万苦才终于找到这台装有《绯红梦境》的电脑，现在却只能眼睁睁地看着梦寐以求的游戏数据被销毁……

为了鼓励创也，我拍了拍他的肩膀："我们从头再来吧。栗井荣太不仅没有戏弄你，还认可了你的能力，所以才会留下这张邀请函，他是希望你再去找他。"

"……"

"更何况，这次被他摆了一道，以你的性格，恐怕不会就这么算了吧？下次应该由我们来设置陷阱，一定要把他气得七窍生烟。"

"'七窍生烟'，你居然会用这么文绉绉的词。"创也终于笑了，"你说得没错，要想赶超栗井荣太，必须以牙还牙。下回我们一定要先发制人，让他七窍生烟！"

"没错，七窍生烟！"

"呵呵呵……"

"哈哈哈……"

创也笑出了声，我也大笑起来，笑声在下水道中不断回荡着。

那么，接下来的任务就只剩下从刚才发现的井盖处返回地面了。我爬上梯子（也就是创也所谓的"塑钢踏步"），试图把井盖推开。

"嗨——哟！"

我明明很用力，井盖却纹丝不动。

"……"

我只好深吸一口气，又试了一次。

"……"

还是完全推不动。井盖和地面之间好像嵌着很多沙砾，它们把井盖卡住了。

我对着还站在梯子下面的创也喊道："创也，把你的井盖开启器递给我！"

"嗯？"创也的声音听起来好像很意外。

我心底一凉，全身都僵住了。

"莫非你……"

"我没带进来，进入下水道的时候怕它碍事，就放在外边了。"

"……"

我小心翼翼地从梯子上爬下来，走到创也面前："请问，没有井盖开启器的话，我们该怎么出去呢？"

"我没想那么多。想必是因为我一门心思寻找栗井荣太吧。"

看着创也沉着地分析自己的行为，我十分头痛。我指着他，气愤地说道："你真是个笨蛋！"

什么年级第一、全校公认的天才，我看他就是个笨蛋！

我怒气冲冲地说："老师不是常说'回家路上要小心'吗？可是你呢，一点儿也不小心，现在回不去家了吧！更重要的是，还把我给卷了进来！"

"我无话可说，真是抱歉啊。"创也虽然嘴上这么说，脸上却笑嘻嘻的。

把怒火发泄出来以后，我的心情平静了一些。况且再怎么吼都于事无补，只能白白损耗自己的体力，我现在更应该把精力用在考虑如何才能打开井盖上。

我和创也靠着下水管道内壁坐下。我用鼻子吸气，再从嘴巴里长长地呼出去，这样深呼吸了两三次。好了，集中精神，开始思考吧！光凭我和创也的力气，肯定无法打开上面这个井盖。这样一来……

我自言自语道："还是得找到一开始的那个井盖才行。"

没想到创也竟然立刻泼了我一盆冷水："这个主意很蠢。你忘了鼠群还在路上等我们吗？"说完还一脸得意地耸了耸肩。

可恶！如果这家伙带着井盖开启器，我们早就到家了！

我看向身旁的创也，只见他镇定自若，一如往常。我问他："你不害怕吗？再这样下去，我们就要沦为沟鼠的美餐了。"

"遭遇鼠群攻击的时候我就说过，"创也看着我，"感觉和你待在一起，总会有办法。"

"……"

真是的。受到这样无条件的信任，我也只能想办法满足他的期待了。

我打开背包，拿出跳绳、塑料购物袋、小树枝……奶奶给我的那把小刀也夹在小树枝中间。我将小刀从刀鞘里拔出来，银色的刀刃在昏暗的下水道里发出凛冽的寒光。确实，如果刚碰上一点儿困难就要举手投降，奶奶一定会生我的气的。

我用小刀削起了树枝。

"这是做什么？"创也探过头来。我没有回答他，而是反问道："这里有小树枝和水。如果想用这些东西打开井盖，应该怎么做呢？"

创也闭目思考了几秒："原来如此，是希罗多德[1]的《历史》。"

嗯？那是什么？

"我明白你想做什么了。"他拿起我削好的小树枝站了起来。虽然我不明白他要做什么，但既然他本人都说自己明白了，那应该就是明白了吧。我把先前收进包里的石头掏

---

[1] 古希腊历史学家，其代表作《历史》（又称《希腊波斯战争史》）是欧洲第一部重要的历史著作。——编者注

出来递给他："没有锤子，就用这个代替吧。"

创也突然钦佩地说道："你竟然准备得如此齐全，真是了不起。"说完，他带着小树枝和石头爬上了梯子。

小时候，奶奶曾经带着我进山，我们走着走着遇到了一块巨大的岩石。奶奶拿出锤子、凿子和一把小刀，问我："内人，你有办法利用这些工具砸开这块巨石吗？"

小刀恐怕砸不开岩石吧……我把凿子抵在岩石上，用锤子一下一下开始凿。我哐哐哐地努力了大概五分钟，岩石上却只出现了一条裂缝。看来，仅凭锤子和凿子是砸不开这么大的石头的。

我回头看了看奶奶，发现她竟然坐在树桩上喝起了茶。我张开手，露出通红的手掌，对奶奶说："奶奶，用这种小凿子肯定砸不开，最多开几道缝。"

奶奶听完，爽朗地笑了："可不能总说这种丧气话。"然后她从地上捡起几根掉落的小树枝，用小刀削了削，插进了我刚刚凿出的裂缝里。小树枝上能看到一些明显的划痕。

"接下来再这样……"奶奶将水杯里的茶倒在了树枝上，"好了。我们去散散步，等着岩石自己裂开吧。"

随后，我就跟着奶奶去了山林深处，差不多两个小时后才返回。回到原地时，我发现……

那块巨石已经裂成了两半。

"原来你也读过《历史》。"创也显得很惊讶，"那里面记载，古埃及人建造金字塔时，为了切割巨石，他们会将木楔子钉进石头里，再洒水使木楔子吸水膨胀，之后就等石头自动崩裂。这是一种已经被现在的人遗忘了的古老智慧。"

原来是这样……我并不知道《历史》这本书，只是听从奶奶的教诲。

这会儿我和创也都累得瘫倒在了地上。头顶的井盖缝隙中已经嵌入了一些尖尖的树枝，树枝浸满了水——水是我们用塑料购物袋一点儿一点儿运上去的，我们先用袋子盛满水，再爬上梯子，浇在树枝上……不记得这样的动作我们重复了多少回。虽然我和创也会交替休息，但现在两个人还是都累得站不起来了。

不过我感到心满意足，没有任何遗憾，因为我们已经绞尽脑汁，拼尽全力。

一小时之后……

沙沙……

井盖附近开始掉落细小的沙砾。紧接着，上面传来什么东西嘭地弹开的声音。我顺着梯子望上去，发现有一束细小的光线洒进了下水道。

太好了，我们成功了！

我立刻登上梯子，身后传来创也的声音："你出去的时候小心一点儿。如果这个窨井恰巧设置在十字路口的正中间，那就会很危险。"

被创也这么一吓唬，我只好小心翼翼地探出头。这里好像是一座寺院。在昏暗的下水道里待了太久，我抬头望去，觉得就连树杈间露出的星空都亮得晃眼。

"呼！"我爬出下水道，就势翻滚到地面上躺下。头顶不再是逼仄的下水道内壁，我第一次感到广阔的夜空竟是这么令人神清气爽。

创也在我身旁躺下："总算是回到地面上了。"

"是啊……"

　　我们并排躺着，欣赏头顶的繁星。我的身体异常疲惫，真想就这样一直躺下去。可我看了眼手表，已经是晚上7点半了，再不回家，老妈就该担心了。

　　话说回来，这里究竟是哪儿呢？

这时，我突然听到院墙外有刹车的声音。紧接着，碎石路上传来一阵脚步声。是有人来了吗？

这个人似乎停在了我们附近。我转过头，看向脚步声消失的地方——站在那儿的竟然是身穿黑色西装的卓也先生。他的双手插在裤兜里。

"卓也先生！"

创也和我一个激灵，连忙爬了起来。

"找你们好久了。"卓也先生静静地说道。

之前我们谈起卓也先生的时候，创也曾经问我："你有勇气走进狮笼吗？"当时我还有点儿茫然，现在突然就理解了创也的意思——卓也先生单单是安静地站在那里，就已经足够令人生畏了。我和创也规规矩矩地站着，像泄了气的皮球。

"你们有什么要解释的吗？说来我听听。"卓也先生的语气看似温柔，眼睛里却没有一丝笑意。

创也不发一言，别过头去。

"好吧……"

卓也先生的拳头哐当落在了创也的头上。我当然也不能幸免，虽然卓也先生没用力，但我还是感觉脑袋像被锤子锤了一下。

"你们两个小鬼，能不能让我省点儿心？"

我和创也老实地垂下了头。

"想去下水道探险的话，如实告诉我就好啊。"卓也先生责备道。

"如果实话实说，您会同意我们去吗？"创也问。

"你觉得呢？"卓也先生反问道。

创也摇了摇头。

"不用想也知道，我怎么可能同意你们去这么危险的地方？"

"那我说不说实话有什么区别……"创也对着我小声抱怨道。

"你刚刚说什么？"卓也先生一个眼神瞪过来，创也只好拼命摇头。被蛇盯上的青蛙大概就是创也现在的心情吧。

"您是怎么知道我们在这里的？"我赶紧换了个话题。

"搜索创也少爷的手机信号。"卓也先生解释道，"只要手机处于开机状态，我们就能够确定信号的位置。不过，如果手机在地下，比如下水道里，我们就搜索不到信号了。"

原来如此。

这时，远处忽然传来了警笛声。

"真是穷追不舍啊，这么快就找到我了。"卓也先生望着警笛声传来的方向说道，"不知道是哪个笨蛋举报我违章停车，弄得我焦头烂额。"

说到"不知道是哪个笨蛋"的时候，卓也先生看向了创也。

"难不成……您没跟着警察去警局？"

听到创也的问题，卓也先生笑了："我可是创也少爷的保镖，任何情况都不能妨碍我工作。"

服了……卓也先生也太敬业了。

"那么，我还有事，请少爷快回家吧。社长和会长都很担心你。"

"社长和会长是谁？"我低声问创也。

"社长是我母亲，会长是我外婆。"创也同样低声答道。

卓也先生朝自己的车走去。

"等……等一下，卓也先生。这里是哪儿？我们不认识路啊。"

听到创也的话，卓也先生转过身来："我只是你的保镖，并不是你的保姆……唉，算了，真是拿你没办法。"虽然无奈，但他还是把最近的车站地址告诉了我们。

"我再去玩一会儿'猫捉老鼠'，路上顺便买点儿东西。"说完这句话，卓也先生上了车。

"您要买什么？"

"招聘杂志。这本应该是今年的第五本了。"

卓也先生发动引擎，呼啸而去。黑色轿车快速地漂移过弯，后面紧跟着三辆警车。

我和创也望着警车远去的方向，半晌才说出话来。

"那……我们回家吧。"

"好……"

就这样，我和创也的野餐之旅结束了。尽管当天因为回家太晚被老妈教训了一顿，可我还是觉得那是一次愉快的经历。之后很长时间，每逢下雨，我都会想起那个下水道，不知道那些沟鼠是否还在里面欢快地跑来跑去……

然而回来之后一整天，创也待在城堡里都显得心不在焉，一副怅然若失的样子。不过这样的状态没有持续太久，第二天他就振作了起来，对着电脑开始忙活了。

"栗井荣太给我们留下了重要的线索。"创也在我面前放下一杯大吉岭红茶，说道。

我拿起茶杯喝了一口："有线索？电脑已经彻底损坏了，栗井荣太的脸也被马赛克挡着，哪里还有线索……"

"正是因为加了马赛克，我才找到了线索。"创也看起来很兴奋，"你也看到那个视频了，普通的家用软件恐怕无法添加那样专业的动态马赛克。那么，栗井荣太是如何拍摄出那个视频的呢？"说到这里，创也伸出食指，"我猜，栗井荣太和电视台或者视频制作公司有联系！"

原来如此……创也的想法确实有道理。

"或许，栗井荣太在电视台工作过，抑或是电视台里有他的合伙人……可能性很多。"

说着，创也转向了电脑屏幕，估计是想查询电视台或者视频制作公司的信息，试图找到点儿关于栗井荣太的线索吧。看到他干劲十足，我也放心了许多。

我随手拿起一本杂志，躺在沙发上读了起来。

创也这个家伙，别看他现在安安分分地对着电脑，只要有了新发现，他肯定会马上跑过来说："内藤，又到野餐的时间喽！"到了那个时候，不管我多么不情愿，他都会强行拖我下水。我的脑海中浮现出这样一个画面：直升机掠过天空，撒下无数张写着"孽缘"的海报。

没办法，在那一刻到来之前，我还是先养精蓄锐吧。

第三部

收视率节节升

第一章
答题节目的邀约

有件事我一直觉得很不可思议。上小学时，学校运动会上有一项活动是班级集体舞。练习集体舞时，达夫总是嚷嚷："我才不要跟女生一组呢！"而且不光是达夫，其他男生也总是显得很害羞，不愿意参加集体舞的练习。

然而升上初二以后……

"我觉得还是二班的小爱同学最好。"每到午休的时候，达夫就在一群男生中间谈论其他班的女生。其他的男生要么附和他，要么唱反调，争论声此起彼伏。每次看到这种热闹的场面，我总是很疑惑：男生们怎么突然开始愿意和女生交朋友了？明明小学时还嚷嚷"我才不要跟女生一组呢"！

想不通……

回到城堡，我跟创也说起这件事。

"因为受年龄、性别、社会地位等方面因素的影响，人这种生物的思想和观念会在某一阶段发生很大变化。"创也坐在电脑前，转身向我解释道，"还有，面子也很重要。"

面子？什么意思？

"换句话说，在这群男生中，肯定有人从小学开始就想和女生交朋友，但是因为害怕周围人觉得自己奇怪，便保持了沉默。"

"所以说，现在出现了和当时正好相反的情况，大家都变得愿意和女生交朋友了？"

"没错，不过说不定有人到现在也'不想和女生一组'呢。"创也笑着说。

"那你呢？"

"我？我现在没有兴趣建立这些复杂的人际关系。不过，这些事情作为一种现象，还是值得研究的。"

创也的每一句话都很难理解，需要花时间消化。

"简单来说，"创也强忍着不耐烦，又为我解释了一遍，"我想成为一流的游戏创作者，为此，我必须了解人性，理解人类的行为。这些你能明白吧？"

我咽下"不太能"这句话，重重地点了点头。

创也满意地点点头，继续说道："所以，从客观的角度来说，我对异性、对交朋友这件事都是有兴趣的，因为我需要更广泛的知识面。只不过我要时刻保持清醒，不能卷入其中，否则当局者迷，看问题就变得主观了，我也就无法开发出所有人都喜欢的游戏了。"

越解释越复杂了。

"Do you understand?（你明白了吗?）"

创也突然冒出一句英语。我没听懂，但还是带着最诚挚的笑容点了点头。

面对一脸怀疑的创也，我自信满满地将我的结论告诉他："也就是说，虽然你自己不想参与，但你对别人的人际关系感兴趣。"

创也听到了满意的回答，欣慰地看着我。

"这和爱看热闹有什么区别？"我说。

创也立即补充道："我希望你能明白，我是在用一个冷静的视角、一个研究者的视角看待这类事情。"

就算换了种说法，本质上不还是一个意思吗？

"我必须广泛地吸收和积累知识，学习技能，有时候还得深入钻研某些领域。不过目前，我对人际关系并没有进一步研究的计划。"

我的大脑飞速运转，试图理解这几句高深莫测的话。

"别光问我的想法，你呢？"

啊？我？

我被问得措手不及。我站起身，把烧水壶放在煤气炉上，接下来倒入两人份的茶叶，最后按照创也教我的步骤将沏好的大吉岭红茶倒入杯中。

"请用。"我把杯子放到创也面前。

创也压根儿没有喝茶的意思，而是盯着我问道："你是在逃避我的问题吧？"

我冲他眨眨眼，挪开了视线。

要说我的话……我的确想和一个女生交朋友。

她叫堀越美晴，是我们的同班同学。她个子不高，戴着又大又圆的眼镜，常常用一根黄色皮筋把齐肩的头发扎起来。她性格沉稳，说话声音不大，也不爱凑热闹，平时并不很引人注目。但不知从什么时候开始，我总会忍不住关注她……大概是一个月之前的那天吧。

"据说，今天放学后有突击检查！"

午休时，达夫带着这个惊人的消息冲进了教室。那时，经常睡眠不足的我早已收拾好了饭盒，将椅子搬到窗边，正晒着太阳打瞌睡——连着好几天都泡在补习班，再加上考前的突击复习，我睡觉的时间屈指可数。

"怎么办……我今天把 Sunbaiz 的唱片带到学校来了……"达夫悲恸欲绝。

按照校规，我们不能把唱片、漫画书等与学习无关的东西带到学校来。

"咱们不是有个专门放打扫工具的柜子吗？你把它藏到那里面呢？"看到达夫急得团团转，周围的同学提议道。

"好主意！"达夫说着就要把唱片藏到柜子里。

"我劝你最好不要这么做。最近老师查得很严，连柜子里都不会放过。你要是藏在那儿，肯定会被当场没收。"我冷静地说道。

"啊？那该怎么办呀！这张唱片可是非卖品，里边有限定单曲！"达夫抱着头哀号起来。

我拍了拍他的肩膀："认栽吧，这样比较帅气。"

达夫沮丧地垂下头。世界恢复了宁静，我回到座位上准备继续午睡。可是，前方突然传来了女孩子的哭声。

是堀越美晴。她把眼镜推了上去，用手捂住双眼，正在低声哭泣。我本想假装没听到，接着睡觉，却怎么也睡不着。没办法，我只好睁开眼问道："堀越，你怎么了？"

她眼里含着泪水，望向我。

说实话，一开始我并没想帮助她，我开口询问也只是为了解决让我睡不着的哭声问题。但是，我看到那双眼睛的一瞬间，突然很想帮帮她。

堀越用手帕擦了擦眼泪，从课桌抽屉里取出一本书。那是本 A6 大小的漫画书，封面上写着"雨声滴答·第三卷"。书名下方画着一个微笑的女孩，女孩身旁有一束盛开的绣球花。

"这是什么？"

"是……是我的宝贝……"堀越边哭边解释。尽管她说话时鼻音很重，有点儿听不清楚，但我还是大致明白了她的意思：这本漫画书是表哥送给她的礼物，她一直很珍惜。

"如果被老师发现，肯定会被没收的……"说着，豆大的泪珠从堀越的眼中滑落。

"别担心。这种小漫画书应该很便宜吧，再买一本不就好了？"

堀越摇了摇头："这本漫画书是限量版，现在已经绝版了。别说普通书店，连二手书店都很难买到。"

"这样啊……"我又看了一眼那本漫画书，用手指大概量了量书脊厚度。十七毫米，刚好和大拇指指甲的宽度差不多。

"堀越，我有个主意，你愿意相信我吗？"

"嗯？"她惊讶地看着我。

我努力向她展示出一张值得信任的笑脸："交给我吧。"

我起身走向图书室。图书室门口的新书告示板上用图钉钉着几张新购进的书的封皮。

其中一本新书是《向蛞蝓打听》[1]。嗯……老师如果平时不读推理小说，一定不会对这本书有兴趣的。

我环顾一圈，趁着四下无人，迅速拔掉图钉，把封皮藏进了口袋里。

我回到教室，在堀越的漫画书外面套上了《向蛞蝓打听》的封皮。

嗯，尺寸刚刚好！

"接下来，你只需要堂堂正正地摆出一副'我绝对不会把漫画书带到学校里'的表情就可以了。放心吧！"

其实我并不确定堀越是否会相信我。但是没想到，她立即冲我露出了笑脸："谢谢你，内藤！"

我没说话，低头回到了座位上，然后脱下校服盖在头上，

---

1 日本推理作家都筑道夫于1962年创作的推理小说。——编者注

只为了遮盖我羞得通红的脸庞……

自此以后，我便会时不时关注堀越美晴的情况了。

时间回到今天早上。

来到学校后，我像往常一样打了个大大的哈欠，收好伞，在走廊玄关处脱下鞋子。然后，我打开鞋柜的门，想要拿出室内鞋。

这时，一个粉色的信封突然映入了我困倦的眼帘。

粉色的信封……

什么?!

我啪的一声关上了鞋柜门，站在原地，静静回想着刚刚看到的一幕。粉色的信封……柜子里确实有一个粉色的信封。

我再次打开柜门，确认里边的情况：我的室内鞋上有一个粉色的信封在闪闪发光。

这……这难道……是那种信吗？

我轻轻地取出那个信封——我的双手有些颤抖，还请大家谅解。毕竟在有生之年，我还是第一次收到这样的来信……

信封的正面写着：

内藤内人收

翻到背面，上面写着：

堀越美晴

看到"堀越美晴"四个字，我的大脑呆滞了数秒，直到创也的声音把我拉回现实。

"早啊，内人。"

我拼命抑制住怦怦直跳的心，僵硬地回了一句"早啊"，就飞快地把信藏进了口袋里。"今天天气也不错呢，啊哈哈！"

听到我的话，创也一脸诧异。他低头看了看自己手中的伞，显得更疑惑了。

"赶紧去教室吧！"我揽住他的肩膀，趁机远离了鞋柜。

"你……不换室内鞋吗？"

我这才发现自己忘了换鞋。

走进教室时，堀越美晴已经在座位上了。她看到我之后，立马移开了视线。

我把书包塞进抽屉,悄悄走向了厕所。我钻进厕所隔间,锁上门,确认了四下无人（当然不可能有别人），才把信封从口袋里掏出来。揭开封口处的胶带,我打开信封,发现里面有一张粉色的信纸,上面写着：

> 有件事情想拜托你。
> 今天放学后，请到银杏树下来。

这些话让我觉得自己在做梦,这一整天我都处于精神恍惚的状态。等我回过神来,已经是放学时分。便当盒是空的,我应该吃过午饭了。虽然当天的随堂测试得了零分,但我已无暇顾及。总算是放学了。

我努力佯装平静,朝着银杏树的方向走去。学校的银杏树长在后院的角落里,据说是同学们想要谈心时的秘密会合点。

堀越正两手拎着书包站在银杏树下。

"抱歉,等很久了吗？"

"没有。"她摇了摇头便陷入了沉默。

等了几分钟,我开口问道："你有事想找我帮忙？"

"……"她没有回答。

我又等了几分钟，提议道："要不要去吃汉堡？"

她立刻点了点头。

我们走进一家门口立着"每天半价"海报的快餐店。"每天半价"听上去要比"工作日半价"划算多了，我的心情格外愉快。当然，更大一部分原因是堀越接受了我的邀请，也许我们能够就此成为好朋友。

"想吃点儿什么？"

她很快指了指菜单上的一款汉堡：豪华至尊堡。虽然是最贵的一款，我却毫不犹豫地决定请客。付完钱取了餐，我们便找了个座位坐下了。

"所以你想拜托我什么事？"我看着面前的堀越，问道。

堀越还是什么都不说，只是撕开包装纸，咬了一口汉堡。她一口接一口，眼看汉堡就要吃完了，才终于开口说话。

"我……我需要一个人，帮我参加一档电视节目。"

"……"

嗯……她刚才说参加电视节目？

这意料之外的请求令我手足无措。

"内藤，你知道《直播大闯关》吗？"

《直播大闯关》是一档益智问答类综艺节目，是日本电视台的招牌，我每周都会收看。益智问答类节目一般以录播为主，但《直播大闯关》是"全程直播"，这也是它最大的看点。这样一来，观众们能够更直观地感受到参赛嘉宾的真实情绪，有一种身临其境的紧张感。据说这档节目的收视率很高。

"其实，我爸爸是《直播大闯关》的导演。"

和其他花样百出的益智问答类节目相比，《直播大闯关》保留了最传统的形式：每期共有七名选手，他们同时挑战十道"四选一"选择题，答错一道即淘汰，还要接受惩罚（这个惩罚环节也是很多观众的心头好），留到最后的选手就是该场比赛的冠军。

现场直播不能重来，这样就面临一个问题：要是所有选手都在第一题就被淘汰了怎么办？届时场面一定会很难堪。不过幸运的是，《直播大闯关》迄今为止还没有出现过类似的情况。那反过来呢？如果正确回答出全部题目的人不止一个该怎么办呢？那么，最快选出最后一题正确答案的人将成为冠军。

这个节目每周一期，每期的冠军可以获得一百万日元的奖金。如果能连胜十期，不仅可以获得一千万日元的奖金和"超级冠军"的头衔，还能再获得额外的一千万日元奖金和一次免费的夏威夷旅行。但是到目前为止，还没有人能连胜十期。

不过有一个人已经连胜九期，再胜利一次，他就能成为这档节目的首个"超级冠军"了。

"我爸爸要找一个人参加下一期的《直播大闯关》，并且成为冠军……"

我很想答应堀越的请求。但以我的能力，我能赢过现任冠军吗？……

"求你了……"

"……"

"你……能不能帮我问一问龙王同学？"

嗯……嗯？

"呃……你指的是创也？"

"对，我希望他来参加《直播大闯关》。你可以帮我问问他吗？"

的确……我怎么没想到呢？参加益智问答类节目，显然创也更合适。

堀越的眼神里写满了恳切："拜托你！"

在她的央求之下，我的理智已然归零，于是稀里糊涂地点了头。

"哇，太好了！"她瞬间露出了灿烂的笑容。看到她这么高兴，我也就不再纠结了。

"我一直想找个机会和龙王同学搭话。但你也知道，他看上去有点儿冷漠。啊……不过，这一点也很好。我正烦恼该怎么跟龙王同学接触呢，就突然想到了你。我觉得，可以拜托你帮忙联系一下。你是龙王同学的好朋友，对吧？而且你又这么热心，之前还帮我躲过了突击检查。"

大概是因为悬着的心放下了，她一下子冒出好多真心话来。在她这段叙述中，虽然我出现的频率比"龙王同学"高，但不管怎么听，套餐里的牛排都是创也，而我不过是点缀在一旁的香芹。这时我突然后知后觉地想到，粉色信封上写的是"有件事情想拜托你"，而不是"我有话想对你说"。

堀越一边吃汉堡，一边滔滔不绝地对我细说她心中的龙王同学有多么优秀。直到她把最后一口汉堡吃完，我才有机会开口："说了这么多，你一定口渴了吧。要不要喝点儿什么？"

"嗯。"

"那就来杯可乐吧。"我笑着站了起来。

再次看到那张写着"每天半价"的菜单，我仔细一想：每天都半价，也就是说没有全价的时候。完全不划算啊……

不好……眼泪好像要掉出来了。

和喜滋滋的堀越分开后，我朝着城堡走去。其实今天也要上补习班，但我实在无心学习。

卓也先生的大型轿车依然停在那条马路上。既然卓也先生在这里，那说明创也就在楼上。卓也先生坐在车里，抬起头（估计是在看杂志上的招聘信息吧）看到了我。我冲他点头示意后，便钻进了暗巷中。

创也正坐在沙发上喝大吉岭红茶。几张打印着什么东西的纸散落在玻璃茶几上。屋里放着音乐，是我之前带来的《美国风情画》[1]的电影原声唱片。受我的影响，最近他也开始听电影原声了。

"你怎么过来了？今天不是要上补习班吗？"创也起身去为我准备红茶。他看上去心情不错。

---

1 于1973年8月上映的美国剧情喜剧片，以20世纪60年代初的加州小镇为背景，讲述了几个高中毕业生一个晚上的经历，使用了大量摇滚乐作为配乐。——编者注

"你遇到什么好事了吗？"我问道。

"差不多吧。"创也把烧水壶放在煤气炉上说。

这时《美国风情画》的音乐刚好播完。"我切歌喽！"说着，我换上了《洛奇》[1]的原声唱片。小号声响起，强而有力的节奏喷涌而出。

"你遇到什么伤心事了吗？"创也问我。

"为什么这么问？"

"突然想听《洛奇》，难道不是为了鼓励自己？"

创也的观察力太敏锐了。

"其实也没什么。"我反问他，"说起来，你遇到了什么好事？"

创也兴奋地把茶几上的几页纸递给我："我捉到栗井荣太的老鼠尾巴了。"

那是一份各家电视台和视频制作公司的内部资料，记录了所有演播厅和相关器材的使用情况。

他究竟是怎么查到的……

"里面有一份资料是日本电视台的。你看看 G 演播厅的使用记录。"

资料上记载的使用时间差不多是半年前某日凌晨 1 点，

1 于1976年12月上映的美国运动题材电影，讲述了拳击手洛奇从费城某俱乐部拳手一路成长为世界冠军的故事。——编者注一个署名"Eator CR"的人占用了这间演播厅将近一个小时。

"'Eator CR'是谁?"

"就是栗井荣太。'游戏制作人'的英文是'Game Creator',而把'Creator'这个单词的字母调换一下顺序,就成了'Eator CR'。"

原来如此。

"而且,你不觉得奇怪吗?这位仁兄竟然在凌晨独自使用电视台的演播厅,显然他并不是在录制节目。那么,这位'Eator CR'到底在里面做了什么呢?"

"应该是在录制我们上次看到的视频吧……"

"完全正确!"创也举着茶杯,指向我说道,"外部人士是借不到电视台的演播厅的,栗井荣太一定与电视台内部的人有联系。只要找到这个人,我们就能顺藤摸瓜,找到栗井荣太。"

原来是这样……创也找到了重要的线索,所以才这么开心。

"但是问题在于,"创也话锋一转,"我们怎么才能进入日本电视台呢?那儿的安保想必会很严格。我们这种中学生,就算混进去了,也会立刻被保安轰出来。"

"龙王集团是电视节目的赞助商吧？为什么不问问你家里？"

我的提议马上就被否决了。

"我不想借助他们的力量。这是我个人的事情。"

好吧好吧……

嗯？日本电视台……总感觉好像在哪里听过，到底是哪里呢？

我想起来了！

"创也，放心！我有办法！"

"嗯？"

面对一脸惊讶的创也，我将堀越的请求和盘托出。

"也就是说，她希望我去电视台参加节目。"

"对。有了这个幌子，我们就能堂堂正正地走进电视台的大门。"

"看来行善积德确实会有好报。"

创也将茶杯举到眼前，我端起自己的茶杯轻轻地碰了上去。

干杯！

"叮——！"清脆的碰杯声在城堡里回荡。

"话说回来，你的伤心事是什么？"

"啊？"

事到如今，我也不知道该怎么说了……

"他同意了?！"

第二天放学后，我和堀越在汉堡店里碰头。一听到"创也愿意去"这句话，堀越的眼睛立刻亮了起来。为了见到这样灿烂的笑容，我想不管是什么样的请求，我都会答应的。

"谢谢你，内藤同学！我就知道拜托你是个正确的选择，你真可靠。"堀越望着我说道。

我控制着自己的脸部肌肉，想要尽可能地展现出我的稳重可靠。

"今天我来请客吧，喝可乐可以吗？"

"嗯。"我稳重可靠地答道。

堀越买了两小杯可乐。

"还有这个，"堀越从包里拿出一盒录像带，"这是上周的《直播大闯关》的录像，可以给龙王同学做参考。"

我从她手里接过录像带。

"麻烦你转告龙王同学，下周日直接到日本电视台来。

节目晚上7点正式开始，6点有参赛选手说明会。我跟他5点半在日本电视台大楼前集合。"堀越看着手中的手账本说道。

"啊，说到这个……"我连忙说，"创也说想参观一下电视台。如果可以的话，他上午就想过去。"

当然不是单纯地参观，我们的目的是寻找与栗井荣太相关的线索。

"嗯……"堀越考虑了一会儿，"我去问问爸爸，应该没问题。"

"那太好了。创也知道了也会很高兴的。"

"你刚才说'也'……意思是你也会一起去吗？"

"我是想一起去的……不可以吗？"

"不不，当然可以。我们三个人一块儿去吧。"

"谢了。那这次我来请客吧。你想吃什么？"

"那我要一份豪华至尊堡，正好有点儿饿了。"

"没问题。"

我站了起来，对话到此结束——那么，在整个对话过程中，我和堀越的表情分别出现了怎样的变化呢？虽然有点儿像阅读理解题，但还请你充分发挥自己的想象吧。

想到了吗？接下来是公布答案的时刻。

我竭尽全力，成功地抑制住了悲伤的情绪，所以表情并没有什么变化。

至于堀越，她的表情可以说是瞬息万变：

当她说"你也会一起去吗？"时，她的表情是小孩子听到"准备打针喽"时的悲伤；

当她说"我们三个人一块儿去吧"时，她的表情是"虽然今天比较想吃咖喱饭，但拉面也能凑合"的勉强；

当她说"正好有点儿饿了"时，她的表情非常单纯，是神采奕奕的笑容。

你都答对了吗？

可恶，我到底是在干什么……

站在菜单前，我默默计算着一个豪华至尊堡的价格能买几杯小杯可乐。不经意间，我发觉有泪水顺着脸颊滑落下来。

第二章
做好参赛准备吧

"应该算修好了吧……"

城堡里平常就堆着许多电脑和游戏主板，今天更是混乱不堪。要说罪魁祸首，当然还是创也。他拆开了好几台刚捡来的录像带播放机，大小零件四散在桌子和地板上。

数小时前，我把堀越交给我的录像带递给创也，他说了句"正好我还差一台录像带播放机呢"，就迫不及待地跑去垃圾场寻宝了。其实城堡里有不少机器，但恰好没有录像带播放机。

很快，创也就搬回了几台废弃的录像带播放机。

见他一脸兴奋地拿起了改锥，我问道："能修好吗？"

"没问题。大部分家用电器差不多用上五年，里面的易损件就会报废。但只要把易损件换成新的，旧机器也能照常使用。"

说着，创也将这些播放机的外壳全部拆开，接入电源，逐个排除故障。

"小心触电啊。"我看得心惊胆战。

"别乱拆乱碰，就不会有危险。"

看着盘腿坐在一堆电线和机器零件中间的创也，我还是有些害怕。我决定起身去沏杯红茶。

"如果这些我都能修好，接下来我就可以去捡些DVD播放器回来了。"

修理电器似乎是创也的一项乐趣。他把几台旧播放机大卸八块，又用它们的零件组装出一台全新的录像带播放机。接下来，他用视频连接线和音频连接线把新播放机和一台显示器连接到一起，再接入电源。

"不会爆炸吧？"

"应该不会。"

创也把录像带插入播放机，然后坐到了沙发上。我躲到沙发后面，探出头来看。

节目开始了。伴随着洪亮的背景音乐，"直播大闯关"五个字出现在了屏幕上。紧接着，几名舞者登场带来欢快的舞蹈，无数只彩色气球飘扬而起，鞭炮声震耳欲聋。

这开场表演实在是太聒噪了。第一次看这档节目的观众恐怕会以为电视台遭到了轰炸。

背景音乐声逐渐变小，旁白开始介绍节目赞助商。

"本节目由'全方位助力您的生活'的龙王集团赞助播出。"

"什么嘛，《直播大闯关》的赞助商原来也是你家啊！"

我看过很多次这个节目，却从来没注意过赞助商的名字。

"跟我没关系。"创也嫌弃地按下快进键，跳过了龙王集团的广告。

广告结束后，一个男人出现在了画面上。他身着一条覆满了亮片的短款连衣裙，肩披一块方形斗篷，打扮得像个古希腊哲学家。这档节目处处都这么花哨……

"你所谓的短款亮片连衣裙名叫'希顿（Chiton）'，是古希腊人的日常服装。那块像斗篷一样的布叫作'希玛纯（Himation）'，是古希腊人外出时穿的长袍。"

创也讲解得很细致，即使这两个名词再也不会出现在我今后的人生中。

"你不是看过这个节目吗？怎么会不知道希顿呢？"创也这么问我。

我希望他不要太强人所难。到底什么人才能知道电视上出现的所有事物的名字啊！

"如今是智慧的时代，"穿着希顿和希玛纯的男人庄严地说道，"只有强大的知识储备才能孕育出真正的智慧。电视机前的你，要不要来检验一下自己的知识储备呢？"

镜头随即切换到了演播厅。舞台中央站着两位主持人，阶梯状的观众席上，观众们正在鼓掌。拍完主持人和观众，镜头又依次扫过舞台后方的七名参赛选手，坐在最高处的就是上周的冠军。镜头给了冠军一个特写，然后继续向上移动——那里有一个水晶箱，里面装着一座巨大的猫头鹰雕像。

"咕咕——！"伴随着猫头鹰的啼鸣声，观众席掌声渐息。

两位主持人对着镜头鞠了一躬。

"'密涅瓦的猫头鹰'今日也为我们啼鸣，又到了《直播大闯关》的时间。"

"直播大闯关，知识大挑战！让我们开始今天的答题环节吧！"

观众席上再次响起了掌声。

"那只猫头鹰原来叫'密涅瓦'呀。"

听到我的话，创也露出了怜悯的神情："黑格尔说过，'密涅瓦的猫头鹰只在黄昏起飞'。你没听过这句话吗？"

我摇了摇头。我连黑格尔是谁都不知道。

"密涅瓦是古希腊罗马神话中掌管智慧的女神。猫头鹰是密涅瓦的随从，是智慧的象征。"

"……"

"'密涅瓦的猫头鹰'不是说猫头鹰的名字叫密涅瓦。"

我的确不知道这个典故，但我知道我现在这种状况叫"祸从口出"。

创也还在滔滔不绝地讲着，可惜我不想再让无用的知识填满我的脑袋。我默默站起身，准备再沏一杯红茶。不用看就知道，创也肯定在我背后无奈地耸了耸肩。

六名参赛者已介绍完毕，该介绍冠军了。只见冠军抱着胳膊，叉着腿站立。画面上打出了他的名字、年龄：

> 我毛豪太郎（十四岁）

他就是那个与成年人同台竞争，一路过关斩将的初二学生——我毛豪太郎。

"你已经连赢了八周，今天再赢的话就是九连胜了，距离史无前例的'超级冠军'头衔只差一步之遥。你现在心情如何呢？"

"平常心吧，努力才是硬道理。"

冠军说着撩了一下刘海儿。兴许是聚光灯的原因，我总觉得他的牙齿在闪闪发光。

观众席上传来了欢呼声。镜头切过去，只见一群女孩子奋力挥动着印有"加油！豪太郎"的团扇，那架势简直像在追星。

"这位冠军为什么这么受欢迎？"创也问我。

我把茶杯放到他面前。原来他也有不知道的事啊，我心里平衡了。

"当然是因为他知识渊博，而且长得好看。观众们如此疯狂也很正常。"

创也歪了歪头，好像并不认同我刚才的解释："答题比赛的冠军也只是比其他人多了一些知识储备而已。我并不觉得这有多厉害。"

好好好……这种话从无知的人嘴里说出来就是嘴硬，但从"万事通"嘴里说出来就有点儿刺耳了。

"你不这么觉得吗？重要的不是知识的量，而是融会贯通、举一反三的能力。"

说得没错。但我还是想当"万事通"。

"况且，如果只是考验知识储备，参赛者是有办法作弊的。"创也盯着屏幕，眼里露出锐利的光。

主持人介绍完游戏规则，节目就进入了答题环节。第一题：

最先用符号"0"来表示"零"的是哪个国家？
①阿拉伯　②古希腊　③古印度　④古罗马

选手们纷纷按下面前的按钮，给出自己的答案。我也想了想，既然数字叫阿拉伯数字，那 0 是不是起源于阿拉伯？

"创也，是不是应该选第一个？"

创也沉默着摇了摇头。

好吧……

"正确答案是'③古印度'。"

夸张的小号声响起，主持人公布了答案。创也说得没错。首战即失利的只有一位三十岁左右的男士。

"要接受惩罚喽！"

两位主持人举起了手，观众们欢呼雀跃，现场的气氛简直比答题时更热烈。创也暂停了播放，果断地按下快进键。

"你不看惩罚环节吗？"

"没兴趣。"

好吧，萝卜白菜，各有所爱……

屏幕上的画面快速掠过，在节目即将结束的时候，创也才按下了播放键。

"那么，第十道题——最后一题！"主持人说。

此时仅剩下冠军和另一名选手了。这两人中，最先选出最后一题的正确答案的人将获得最终的胜利。

"你要不要也答一答这道题？"

创也没有回应，仍然专注地盯着屏幕。

很快，题目出现了：

以下四个选项中，哪个不属于五子棋禁手类型？

①三三禁手　②三四禁手　③四四禁手　④长连禁手

创也伸出两根手指。与此同时，冠军也按下了作答键，选中了②。

稍后，另一位参赛者才按下作答键。他的选择也是②。

喧宾夺主的小号声再次响起。"正确答案是……'②三四禁手'！"其中一位主持人高声呼喊着。女助手走上前，为冠军送上了一束鲜花。

"恭喜你，顺利达成了九连胜的目标！如果下周继续取胜，你就是'超级冠军'了！还能获得额外的一千万日元奖金，以及一次免费去夏威夷旅行的机会！"

另一位主持人将话筒递给了冠军，冠军撩了一下刘海儿，凑近话筒道："我会加油的。"

他话音刚落，观众席就传来了热烈的欢呼声。

"接下来，我们为惜败的选手也准备了惩罚游戏……"创也突然关上了播放机，笑容满面的主持人从屏幕上消失了。

"你不用看完吗？"

"你误会了吧？"创也一边将录像带收回盒子里，一边说道，"我去参加《直播大闯关》不过是为了潜入日本电视台，寻找关于栗井荣太的线索，又不是为了在节目中取胜。"

他说得没错。但是……我的脑海里不禁浮现出堀越的脸庞。堀越的请求是希望创也能够成为节目冠军。

我对创也说："难得上回节目，你就好好答题，顺便拿

149

个冠军回来怎么样？"

"没兴趣……"

"只要答对十道题，就能拿到一百万日元的奖金哟！"

"也没兴趣。想要什么我就去捡。"

"但是……堀越也希望你能成为冠军……"

"我没有义务替她实现愿望。"

或许他说得没错。但一想到堀越当时的眼神，我就无法置之不理。可是靠我，又不可能赢过现任冠军……

"创也！"我下意识地揪住了他的衣服前襟，"求你了！你一定要认真答题，赢得比赛！"

创也直勾勾地盯着我，缓缓将我的手拿开。

"你好像还有一个误会，"创也笑着说，"在知识储备方面，你觉得会有人能赢过我吗？"

"……"

是啊。我再次意识到，眼前这个名叫龙王创也的家伙，比地球上的任何一个人都更自信，也更好强（虽然偶尔也会掉链子）。

创也绝不会输的。

第三章
前往电视台

星期日早上，卓也先生开车送我们去电视台，我和创也坐在后排。这是我第一次坐上这辆黑色轿车，座椅非常柔软舒适。

"这是什么车？"我问创也。

"1974 年产的'道奇 Monaco 440'。平时是一辆安静的普通大轿车，但只要卓也先生一脚油门踩下去，谁也追不上。"

处于话题中心的卓也先生一直沉默地驾驶着。虽然平时就寡言少语，但今天他的心情似乎格外糟糕。

"今天可是星期日……"卓也先生小声嘟囔着，"少爷，你不是每周末都会在废弃大楼里待一整天吗？"

"我偶尔也会有一些社交活动的。"说话时，创也尽可能不去看卓也先生。

"我还以为你今天不会找我，所以就把事情安排到今天了。"

"什么事?"

卓也先生目不转睛地盯着路况,腾出一只手将副驾驶座位上的杂志递了过来。那是一本刊载各类招聘信息的杂志,封面上醒目地印着一行大字:"求职才是本职!"

"……"

杂志的其中一页贴着便笺,我翻开那一页,发现是一则招聘幼儿园老师的信息,面试时间是今天中午。

"卓也先生,您该不会想做幼儿园老师吧?"

听到我的话,卓也先生不动声色地答道:"我非常需要孩子们纯真的笑容来治愈疲惫的内心。"

确实,给创也当保镖,内心疲惫也是可以理解的。但是,从孩子们的角度来看,我却不知该如何评价卓也先生的职业取向。

"你难道不觉得我很适合做幼儿园老师吗?"

卓也先生的这个问题很难回答。

"不过,目前我的工作仍然是保护少爷。很遗憾,我只能取消面试了。"

去个电视台而已,卓也先生未免有些小题大做。

卓也先生仿佛觉察到了我的想法,向我解释道:"如果少爷被人拍到，上了电视，社长一定会责备我的。少爷作为龙王集团的继承人，如果被别有用心的人记住了姓名和样貌，就会有被绑架的风险。"

"……"

为了不让卓也先生听到，我尽量压低声音问创也："你没告诉他你要上电视节目吗？"

"我跟他说，学校组织我们去电视台参观。如果对他说实话，你觉得他会像这样送我们过去吗？"

绝对不会……

卓也先生继续说道："只有一点，接下来请你安排活动的时候，尽量避开星期日。我也需要一些私人时间来开展求职活动。"

"那你去面试吧，今天不用跟着我们了。"创也有点儿没好气地调侃道。

"不行。在离职之前，我还是会尽职尽责的。"卓也先生依旧目视着前方。

星期日早晨没有早高峰，路上畅行无阻，我们比约定时间稍早到达。日本电视台的大厦通体银色，形状如同小孩子随意堆砌出来的积木高楼一样参差错落。楼顶立着卫星

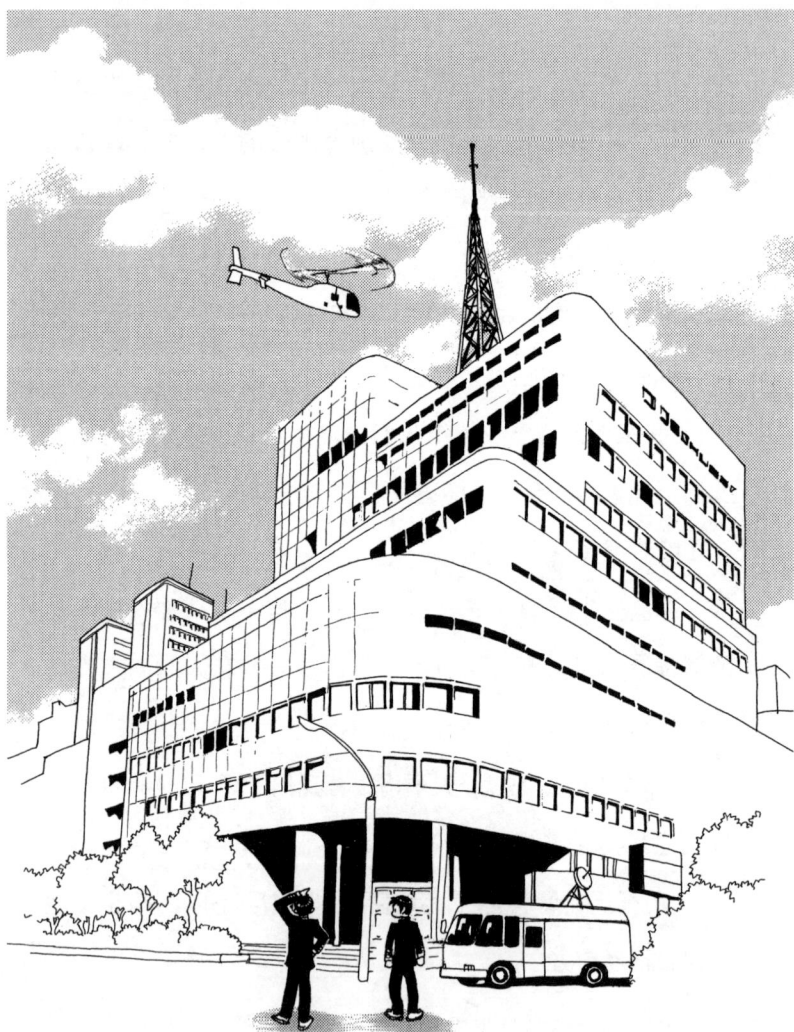

天线和一架巨大的天线塔。要登上几级台阶才能来到大厦入口处。透过玻璃门，能看到大厅里挂着"JAPAN TELEVISION（日本电视台）"的牌子。

堀越就站在干净明亮的玻璃门前。我和创也以及卓也先生都下了车，朝她挥了挥手。

嗯？卓也先生？

卓也先生理所当然地站在我们身后，一副要随行的样子。

"怎么办呀，创也？再这样下去，你去上节目的事情就要暴露了。"我小声问道。

"没事！"创也对我眨了眨眼。他走向堀越，从容地说道："堀越，感谢你的招待，今天要给你添不少麻烦了。"说完更是露出了天使般的笑容。他本人也许并不是刻意为之，但在我看来多少有点儿做作。

"不会不会。"堀越的脸颊微微泛红。但看到站在我们身后的卓也先生时，她似乎有些疑惑。

"啊，你不用管这个人。"创也随口说道。

我们跟在堀越身后，穿过了玻璃门。大厅的天花板不高，左边有六对简易沙发和茶几，周围装饰着一些旧摄影器材和微缩建筑模型，右边是前台，里面坐着三位笑起来很好看的接待员姐姐。

堀越对其中一位接待员姐姐说："堀越导演的访客到了。"

接待员姐姐微笑着拿起话筒，给堀越导演打了一通电话确认情况。她旁边的一位接待员站起来，给我们每人递上一份空白表格和一支笔，让我们留下姓名和联系地址。

"这个人不需要写吧。"创也抽走了卓也先生面前的表格。

"这位不是您的同伴吗？"

"不是，我不认识他。"创也回答道。

卓也先生听了十分震惊："创也少爷，你说什……"

他话音未落，就被接待员微笑着打断道："那么，这位先生就是可疑人员喽？"

紧接着，第三位接待员面带微笑地拿出一个口哨。

"哔哩哩哩哩——！"

大楼深处瞬间冲出一群保安，不由分说地聚了过来。其中一位保安伸出手，想要按住卓也先生。

"你做什么！"

卓也先生轻轻一闪，保安却不幸失去了平衡，摔倒在地。

"啊！可疑人员拒不配合！"

"大家提高警惕！"

剩下的保安纷纷做出防御姿势，将卓也先生团团围住。

就在这时……

"让你们久等了。是龙王和内藤两位小同学，对吧？"

一个身着灰色西装、戴着黑框眼镜的中年男人现身了。他看起来四十多岁，国字脸，留着一头三七分短发，看上去很和蔼。

"我是美晴的父亲。"

男人说着将名片递给我们。上面印着：

日本电视台股份有限公司
导演　堀越隆文

我每次跟成年人聊天都会留意他们的说话方式。有些大人看到我是中学生，便会对我不屑一顾，颐指气使。遇到这样的人，我当然也不会忍气吞声。还有一种人，即使嘴上很客气，但话里话外都透露出一种"不过就是个孩子，让让他"的感觉，同样不值得信赖。

但堀越导演不同，他不仅语气诚恳，还像对待成年人一样给我们递了名片。嗯，这个人应该靠得住。

"感谢二位今天来参加我们的《直播大闯关》，听说你们想先参观一下电视台？我们先从咖啡厅开始怎么样？"

这时，堀越导演的目光越过我们，落到了正在对峙的卓也先生和保安们身上。

"发生什么事了吗？"

"没什么，好像有可疑人员闯入，保安们正在处理。"创也笑着答道。

堀越导演听了没有丝毫惊慌，似乎已经对这种事见怪不怪了。他让接待员帮忙拨通新闻办公室的电话，接过话筒后利落地说道："啊，是小山山吗？我是堀越。我现在在大厅，保安们正在和一个可疑人员上演警匪片呢。你们要不要带相机和收音器过来拍摄一下？对，我还在现场，这个可疑人员看上去有两把刷子。最近很少遇到这么棘手的闯入者，我觉得够格上新闻。"

说完，堀越导演放下电话，笑容可掬地看着我们："我们走吧。"

我一边走，一边问堀越导演："这里经常有人闯入吗？"

"是的，都成家常便饭了。"堀越导演摊了摊手，"不过现在电视这么普及，难免招来一些古怪的观众。有人觉得电视上的专家都是骗子，还有人觉得电视在召唤自己，非要过来看看——什么样的人都有。"

还真是闻所未闻……

我们跟在堀越导演身后，穿过一段曲折的走廊。这么一看，我想起我曾经听说电视台内部之所以建得错综复杂，就是为了防止暴徒轻易攻入，占领信号发射台。

走进电梯后，我好奇地向堀越导演确认。

"假的假的，"他摆了摆右手，"我不知道别的电视台是怎么回事，但我们电视台绝对不是因为这个。我们台内部像迷宫，纯粹是因为总在扩建。"堀越导演兴致勃勃地解释起来，"比如我们现在在主馆的八层，对吧？"此时我们下了电梯，跟着他来到通向新馆的连接走廊，"那么，穿过这条路到达新馆之后，是几层呢？"

"八层啊。"我和创也异口同声。

"哈哈，答错了哟！"堀越导演推开新馆的大门，指了指挂在墙上的楼层导览图，上面赫然写着一个大大的"6"。

咦？为什么？

"因为新馆是新建的，每层的地板和天花板里都埋了很多电缆，所以楼层比主馆高。"

原来是这样，难怪主馆和新馆的楼层数对不上呢……

对于给我们做向导这件事，堀越导演显然乐在其中，有时候甚至需要女儿出面，拽拽他的西装下摆，提醒他不要太忘乎所以。

来到电视台，有一点令我十分意外，那就是电视台里竟然没有电视！我还以为电视台的走廊上肯定会摆着好多台电视呢。我说了自己的想法，却被创也冷冷地瞥了一眼："你是不是把电视台和电器店搞混了？"

我们迷迷糊糊地跟在堀越导演身后，终于抵达了咖啡厅。

"你们二位一定要尝一下这里的咖啡。"

"这么好喝吗？"

听到创也的问题，堀越导演伸出食指左右摇晃道："啧啧，正相反！再也没有哪里的咖啡比日本电视台的更难喝了。尝一尝，以后都不愁聊天没话题了。"我和创也听完都哈哈大笑起来。

这间咖啡厅差不多有四间教室那么大，可四人桌几乎都坐满了。

"我们坐在哪里好呢……"堀越导演抬起一只手搭在眼睛上方，四处张望着。这个动作显得有些孩子气，很有趣。

"啊，我们坐到那边吧！"

堀越导演看中的那张桌子上只有一盘三明治和一杯咖啡，旁边坐着一个戴墨镜的男人。

"嘿，小寺！"堀越导演挥手向男人打招呼，而对方只是面无表情地打量着我们。这人有三十来岁，瘦削的脸庞，乱糟糟的胡子，还留着一头披肩长发。

"这位是《直播大闯关》的总编剧——寺田先生。"

寺田先生什么也没说，只向我们伸出了右手。我花了好一会儿才明白他是要跟我们握手。

"小寺，这两位是我女儿的同学，也是今天的参赛选手。"

我和创也点头示意。

"小寺负责给节目选题，你们俩可以问问他今天有什么题目，这样准能拿冠军哟！"

"这个玩笑并不好笑。"听到堀越导演的话，寺田先生用餐巾纸擦了擦嘴，"堀越先生，我还有工作，先走了。"

说完，寺田先生就离开了咖啡厅。我们坐在他留下的空位上，各自点了单。创也点了一杯红茶，我则选择了导演"倾情推荐"的咖啡。

"那个人还真是讨厌……"美晴看着寺田先生离去的方

向说道。

"好啦，美晴，不要随便评判不熟悉的人。"堀越导演虽然这么说，语气中却完全听不出责备之意，"不过，关于他确实有些不好的传言。"

堀越导演特意压低了声音，似乎是想制造出一种紧张的氛围，但其实他现在更像一个小男孩在偷偷分享自己的秘密。"几周前有杂志爆料，说他可能给冠军透题了。"

头回听说有这种事……

我看向创也，发现他一脸认真，还频频点头。果然，喜欢从车站的垃圾箱里翻旧报纸和杂志也是不错的习惯。

"起初我并不怀疑他，但随着现任冠军不断取胜，我也确实产生了一些疑虑……"堀越导演在咖啡中倒入牛奶后搅拌起来，杯中卷起一圈漩涡，就像笼罩在堀越导演心头的疑云。

"寺田先生知道问题的答案吗？"

"《直播大闯关》由七到八位编剧共同命题，每人先出四道或五道题，再由总编剧寺田先生从中选出最终的十道，在节目中使用。"

"也就是说，只有寺田先生一个人知道所有答案？"

听到我的问题，堀越导演靠过来小声说道："其实还有一个人知道全部答案。"

"是谁呢？"我也跟着小声问道。

"当然是导演，也就是我本人喽。"说完，堀越导演开心地笑了起来。

我是不是被他耍了？

"但是再这样下去，会对节目不利。所以我也在偷偷调查这件事。"

我的脑海中不禁浮现出堀越导演化装成侦探的样子。

这时，一个年轻男子凑到堀越导演身边，对他耳语了几句。男子身着大衣，头戴墨镜，很是扎眼。

"到目前为止，寺田没有和任何人接触，也没有使用手机。接下来将由 B 和 C 继续关注。"

"辛苦了。"

"冠军那边，是 Z 在负责。"

"不要掉以轻心。"

年轻男子点了点头，离开了咖啡厅。

"刚才那个人是我的下属 A，"堀越导演解释道，"我让手底下的人关注寺田先生和冠军的行踪，但还没找到两个人作弊的证据。"

据堀越导演说，所有的题目都是到比赛当天早上才会确定。今早，寺田先生收集了所有编剧带来的问题，并从中选出了十道。当时堀越导演也在场。也就是说，在那之前，没有人知道答案。而在那之后，堀越导演的下属们一直在留意寺田先生和冠军的动向。

"寺田先生很忙，基本没时间休息。他很少像刚刚那样坐在这里喝咖啡。之后他还有不少工作要做，应该没时间和冠军接触才对。"

我想起了刚才和寺田先生握手的场景："他应该确实挺忙的。刚才握手的时候，我发现他手上还沾着记号笔的痕迹呢。"

"你观察得倒是很仔细。"创也的语气听起来不像夸奖，倒像在揶揄。

"今天的节目很重要，决定了'超级冠军'是否会诞生。如果冠军和寺田先生确实有答案上面的交易，那他们俩今天肯定会有接触。"堀越导演端起了咖啡杯。

"这个'超级冠军'有那么好吗？"

听到我的问题，堀越导演掰着手指给我数了数："首先，会有奖金。每周一百万日元的话，十周就是一千万日元，连胜十周的'超级冠军'还能再获得一千万日元。"

两千万日元，我倒是知道，只不过对这个天文数字，我其实没什么概念。

"假设你每天要吃五个一百日元的汉堡，那么这笔钱够你吃一百多年。"创也说道。

原来有这么多！

"其次，有免费的夏威夷旅行。"堀越导演又弯下一根手指，"最后，就是娱乐公司的工作机会。比如现在这位冠军，已经有三家公司盯上他了。"

换句话说，就是将来的工作也有保障了。那再加上够吃一百年的汉堡和夏威夷旅行……这么想想，"超级冠军"确实很有吸引力。可是……

我小声把自己的疑惑告诉美晴："你爸爸不是《直播大闯关》的导演吗？万一寺田先生真的泄题给冠军了……这件事暴露出来，不会影响节目的声誉吗？"

"是啊，虽然爸爸嘴上总说'绝不允许舞弊'之类的漂亮话，但我觉得他其实很喜欢把事情闹大……"美晴叹了一口气说道。

原来如此。确实，我感觉堀越导演是那种"看热闹不嫌事大"的人。

"节目开始之前，如果小寺一直没有和冠军说过话或者打过电话，那就证明他是清白的。"

"不，还有其他的可能性。"创也端着茶杯，悠悠地说道，"刚才您说您也知道答案。所以，您也是有可能向冠军透题的。"

听到创也的话，堀越导演得意地笑了："嗯，不放过任何可能性，你很有做名侦探的潜力呢。不过很可惜，我早就想到了这一点。你们看到躲在盆栽后面的那个人了吗？"

我们顺着堀越导演手指的方向看过去，一个身着大衣、头戴墨镜的男子正躲在一株高大的观赏植物后面。也许他已经尽力不引人注目了，但实话实说，真的很显眼。

"那是下属D，负责盯着我。"堀越导演开怀大笑。

我们是不是被他耍了？果然，这个人进行所谓的调查只是为了好玩……

突然，咖啡厅一角的电视开始插播临时新闻。

"插播一条临时新闻。"身着红色套装的女播报员读着手中的稿子，"今早，一名可疑男子闯入了日本电视台。该男子摆脱了追捕，目前已潜入电视台内部。该男子年龄约二十五岁，身高一米八至一米九，身穿黑色西装。本台将继续跟踪报道。"

电视画面又切回了连续剧。

"事态有点儿不受控制了吧？"我小声对创也嘀咕道。

"没事，没有保安能擒住卓也先生。"创也冷静地说。

"哎呀，事情越来越有意思了，所以我才这么喜欢电视台！"堀越导演眉开眼笑，完全不像一个电视台的工作人员。

"时间差不多了，我们接着参观吧。"堀越导演站了起来。

我连忙把剩下的咖啡一饮而尽，随手抓了几张餐巾纸塞进口袋。创也冷冷地看着我。这习惯确实算不上光彩，但迄今为止已经帮过我很多回了。

堀越导演看着我："啊，忘了问你，咖啡的味道怎么样？"

"……"我说不出口。就算咖啡再难喝，我也不能当面直说啊。

我们正要离开咖啡厅，却与现任冠军——我毛豪太郎不期而遇。虽然同为初二的学生，但我毛的个子更高。长长的刘海儿掩住了他的额头。

"哎呀，这不是冠军嘛，状态如何？"堀越导演举手打招呼。

"还可以吧。"我毛伸出右手，拨弄了一下刘海儿。

我和创也无言以对。我们从未见过如此装腔作势的人。

"嘿，美晴同学！"我毛看到美晴，笑着跟她打招呼，一口白牙闪着光。

美晴飞快地躲到了堀越导演身后。

"你还是这么认生啊。"我毛笑眯眯地张开双臂。

看到美晴现在的样子还能认为她只是在害羞的，恐怕也只有我毛了。（除了他，谁看了都会觉得美晴是嫌弃他。）

"我来介绍一下吧。这是龙王同学，他也要参加今天的比赛。"堀越导演把创也拉到了我毛面前。

"哦，请多关照。"我毛甚至都没有正眼瞧创也，只是随意地伸出右手。

创也揪住我毛的耳朵，强制他看向自己。

"疼疼疼……！"

"握手的时候一定要看着对方，这是最基本的礼貌。"创也对被钳住耳朵的我毛冷冰冰地说道。

我毛气愤地瞪着创也，而创也毫不退让。两人对视几秒，我毛调整了一下呼吸，问道："你知道我是谁吗？"

"你不就是那个连握手的礼仪都不懂的冠军吗？"

听到创也的回答，我毛虽然看上去没怎么样，但内心一定十分气愤吧。

"真是期待今晚的比赛啊。"我毛咬牙切齿地说完这句话，就走向了我们刚刚离开的座位。

"比赛还没开始，火药味就这么浓了！我已经等不及要看今晚的节目了！"堀越导演兴奋地说着。

我们离开了咖啡厅。出门的时候，一个身穿大衣、头戴墨镜的人飞快地跑到堀越导演耳边说道："冠军和寺田先生没有任何接触。"

"辛苦了。"堀越导演拍了拍墨镜男的肩膀，接着对一脸好奇的我说道："这是我的下属 Z，负责盯梢冠军的那位。"

"……"做堀越导演的下属可真是不容易。

"我本来觉得比赛的输赢无所谓，"创也自言自语道，"可看到那位冠军，我的胜负欲瞬间就被激发了。"

我们在堀越导演的带领下，朝着 C 演播厅走去。

C 演播厅前立着一张告示牌，显示里面正在录制午间民生新闻。放暑假或者寒假的时候我也经常看这档节目，但还从没想过有一天能亲眼看到录制现场呢。

门口的保安上下打量了我们一会儿，便放行了。

"手机记得关机。"经堀越导演提醒，创也把手机关了机。

穿过两道门，我们终于进入了C演播厅。这里大概有一个小型礼堂那么大。明亮的聚光灯下是熟悉的节目布景，数不清的粗细不一的电缆和电线弯弯曲曲地趴在地板上。

"小心脚下。"堀越导演轻声说。

我们来到后方靠墙的位置，在这里能俯瞰整个演播厅。演播厅一角放着一个大盘子，上面堆满了饭团，看起来十分美味。这些应该是美食节目的道具吧。见我目不转睛地盯着盘子，一个穿着围裙的姐姐用保鲜膜包起两个饭团，送给了我。

我们身后还有一群被称为"灯光师"的人，他们正忙着检查电源线和灯光装置。

这时，一个小个子姐姐拿起对讲机："观众准备进场。"紧接着，一群衣着华丽的阿姨陆续走进来，坐到演播厅后方的阶梯观众席上。她们负责鼓掌、大笑，以及时不时地发出感叹声，营造气氛。一个戴眼镜的助理导演站到观众席前，鼓励阿姨们"大声鼓掌""活跃一点儿"。

"嘉宾准备入场。"拿着对讲机的姐姐又说道。随后，几位经常上电视的名人登场了。现在我觉得眼前的景象十分奇妙，就好像电视机里的人突然跳了出来，活生生地从我面前走过。

"距正式录制还有一分钟。"

这句话一出，演播厅内瞬间鸦雀无声，空气中仿佛有根无形的细线被拉紧，气氛顿时严肃起来。我们也定在原地，敛声屏息。

现场一共有四台摄像机，其中一台在摇臂的控制下缓缓上升。

"距离正式录制还有……5、4、3……"助理导演念到"3"便不再出声，只以手势示意。

观众席上的阿姨们爆发出热烈的掌声。录制正式开始。

节目录制中途，突然进入了临时新闻插播环节，演播厅的大屏幕切换到身穿职业装、手持新闻稿的女主持人的画面。

"接下来请收听'电视台入侵事件'的后续报道。"

卓也先生和保安们出现在大屏幕上。卓也先生身上的黑西装变得破破烂烂的，似乎在无声地讲述着这场搏斗有多么激烈。保安大多手持警棍，也有人拿着双节棍。一位保安将手中的双节棍挥向卓也先生，而卓也先生一个侧身闪躲，以迅雷不及掩耳之势反手夺走了双节棍。有了武器，卓也先生这下更是如虎添翼，保安们吓得步步后退。

"卓也先生抢到双节棍了……"创也看着屏幕说道，"这样一来，保安们就毫无胜算了，不如提前打电话问问哪个医院的空床位比较多。"

不幸被创也言中了。在卓也先生眼花缭乱的攻势下，保安们一败涂地。这哪里是新闻，分明就是功夫电影的预告片。

"我们会持续关注，为大家带来最新消息。"女主持人结束了播报。

趁着广告时间，我们离开了C演播厅。

堀越导演告诉我们，这个节目录完以后，工作人员就会马上拆掉现在的舞台，换成下一档节目需要的布景。

"一定要拆掉吗？"

反正明天中午还要用，为什么不能原地放着呢……我有些不理解。

"高效组装和拆卸布景，正是电视从业者智慧的体现。"

堀越导演看了一下走廊里的日程表，对我们说道："接下来是电视剧，等电视剧录完，工作人员就会开始组装《直播大闯关》的布景了。下午6点有参赛选手说明会，你们记得提前回到这里。在那之前，你们可以在电视台里随便参观一下。电视台这种地方嘛，想进来很难，不过一旦进来就畅通无阻了。除了……"这时他压低了声音，"门口标着'禁止入内'或者亮着红灯的房间。"

我们心虚地点了点头。

"如果遇到什么麻烦，就报上我的名字。"堀越导演眯起眼睛，笑了起来。

我们低头道了谢，但其实内心并不确定"堀越导演"这个名号能够起到什么作用。

"内人，我们走吧。"创也说道。

美晴跟在他旁边，看样子想和我们一起参观。我正想邀请她一起，可话还没来得及说出口，就被创也抢了先。

"堀越，你应该已经来过很多次了吧，这次我们就不拉着你一起了。"说完他转过身，大步向前走去。

我慌慌张张地追了上去，正要责怪他刚才太冷漠，却再次被他抢过话头。

"你没忘了我们今天来的目的吧？"

"当然了，我记着呢，不是为了参加《直播大闯关》吗？"

创也失望地摇了摇头："明明是为了寻找线索！"

啊，确实……

"可是就算美晴跟着，也不影响我们找线索啊。"

"你忘了下水道里的事了吗？"创也边走边说，"栗井荣太在电脑里安装了自爆装置。虽然当时我们侥幸躲过一劫，但追查栗井荣太依旧是一件十分危险的事情。你想让她也涉险吗？"

我对创也的看法有些改变了。他这个人，就是刀子嘴豆腐心。但话又说回来……

"追查栗井荣太，真的那么危险吗？"

创也点了点头。

"那你就不担心我涉险吗？"

"因为你能够化险为夷啊。"

"……"

"放心吧，你是被幸运女神眷顾的人。"

这句话从创也嘴里说出来，不像祝福，反倒像嘲讽。

我对创也的看法又变了回去。他这个人，是刀子嘴，更是刀子心。

　　"我很看好你哟。"创也拍了拍我的肩膀。

　　我的脑海中又闪现出"孽缘"这个词。

第四章
录制即将开始

不知道迷路了多少回，我们终于找到了 G 演播厅。

"终于到了……"我一屁股坐在演播厅的大门前。

这一路上，"该不会要困在这里一辈子吧"之类的可怕念头始终笼罩在我的心头。如果是在山里，我绝对不会迷路。但这种建筑物的内部不管哪里看上去都大同小异，我的方向感根本不起作用。

看了看走廊上贴着的日程表，G 演播厅里正在录制悬疑剧。我们若无其事地走了进去。

我不由得想起堀越导演的话："电视台这种地方嘛，想进来很难，不过一旦进来就畅通无阻了。"他的话没错，只要我们表现得堂堂正正，就不会有人怀疑。

演播厅里的布景是一个厨房。布景中央，一个高个子男人正对着周围的人群说着什么。不知为何，旁边还有一条狗。

"小偷究竟是如何从上锁的冰箱里偷走冰激凌的呢？"那个高个子男人环视四周，问道。他似乎是一个侦探。

"怎么可能偷得走？""除非小偷会魔法！"周围的人纷纷说道。

然而高个子侦探却冷静地断言道："你们每个人都有偷吃冰激凌的动机。根据我的推理，小偷就在你们之中！"

侦探突然伸出食指，指向人群。人们为了躲开这根手指，不约而同地挪了挪位置。

"即便真的有小偷，这个人又是如何从上了锁的冰箱里偷走冰激凌的呢？"

其中一个男人对着侦探问道。

"其实谜底很简单。只要在一开始就把冰激凌的空盒放入冰箱……"

我打了个哈欠。虽然不知道前因后果，但我感觉这应该是一部极其无聊的电视剧。之后我要确认一下这部剧的名字，以后看电视的时候一定要避开，省得平白无故地浪费时间。

电视剧的拍摄还在继续。

"你就是偷冰激凌的人！"

扮演侦探的男人指向一位老人，老人则拼命摇头否认。

"绝对不是我！"

"坏人是不会主动承认自己是坏人的。"男人冷酷地说道。

这部电视剧到底"悬疑"在哪里?

我和创也对拍摄失去了兴趣,于是开始打量周围。这时,我们看到舞台后方有一个上了年纪的女人正坐在导演椅上,化妆师在旁边帮她打理发型。

"到底为什么要我参演这种无聊的电视剧啊?"女人鼻音很重,显得懒洋洋的。

是大明星樱井花梨!一个貌似是经纪人的男人站在她面前,低着头说道:"你听我说,这部剧的赞助商是你的崇拜者,所以一定要你出演。"

"可那和我又有什么关系?"樱井慢悠悠地说道。

我小声对创也说:"你看,那是樱井花梨呀。"

创也兴味索然地瞥了樱井一眼。

"去要个签名?"听到我的话,创也有些鄙夷地看着我。但我就当没看到,直接拽着他走了过去。我虽然有些紧张,但还是对她说出了"我是你的粉丝"这句话。

樱井听后开心地笑了:"真的吗?你还是个初中生吧?还是小朋友呢。"

还好我有备而来。得知能够进电视台以后,我早早准备了笔记本和马克笔，就是为了偶遇明星时方便要签名。樱井接过笔记本，潇洒地签了名。

"拍戏还需要这个吗？"创也看着桌上放着的玻璃瓶，问道。

起初我还以为那是化妆品，但仔细看了看，发现瓶身贴着标签，上面写着"YPJY[1]"的字样。难道是什么药剂吗？

"你知道这是什么吗？"樱井看着创也。

创也点了点头。

"现在的初中生真是聪明，不像我小时候，只知道玩。"

我戳了戳创也，问他："这是什么呀？"

"YPJY。"

"YPJY……那是什么？"

"电视剧里常常出现的蒙汗药。用浸了药的手帕迷晕受害者，是犯罪分子常用的绑架手段。你应该也看过类似的桥段吧？"

我的脑海中浮现出这样的场景：一个黑衣人悄悄接近受害者，并从口袋里掏出一条手帕，捂住了受害者的口鼻。受害者吓了一跳，挣扎了几下便浑身瘫软倒地——是这样的吧？

---

1 虚构药品。——编者注

樱井接过话茬说道："嗯，你不觉得有些俗套吗？但导演就喜欢这种套路，为了让效果更真实，还非要用真的YPJY。真是要命！"她无奈地摊开手，"不过，观众一看到YPJY就会出戏吧？这种药哪有那么容易弄到呢？一点儿都不真实。"

　　"其实不难弄到，"创也插话道，"我不能讲得太详细，但你只要去药店，跟店员说'我打算配某某溶液，请给我某某药、某某药，还有YPJY'，就能买到了。"

　　"'某某药'是什么药？"樱井举手问道。

　　"我不能说，"创也认真地答道，"但其实自己在家也能制作出来。只要把某某、某某和某某混合到一起就可以了。不过精炼起来会有点儿难度，操作不当还会导致爆炸。"

　　樱井又举起了手："这次的'某某'又是什么呢？"

　　"保密。"创也轻描淡写地答道。

　　这时，创也突然转向我："你知道YPJY的沸点是多少吗？"

　　我怎么可能知道？顺带一提，我连"沸点"是什么都不知道。

　　"YPJY的沸点只有61℃左右。所以光是保存试剂，就已经很麻烦了。"

"现在的孩子真是聪明得吓人！"樱井叹了口气，"如果小朋友们都像你这样，我们这群大人就毫无用武之地了。我干脆退休好啦。"

听到这话，创也笑了笑。"过奖过奖。我从很小的时候就是您的粉丝了。我上幼儿园时看过您出演的《风子的风景》，剧情到现在还历历在目。"说着，他从口袋里掏出笔记本，递了过去，"能不能请您给我签个名？"

电视剧的录制还在继续，这次换作侦探受到周围人的逼问了。

"其实你才是犯人吧？每每有案件发生，你都刚好出现，简直就像早知道有案子会发生一样……你说，这到底是怎么回事？"

"这……这当然是因为……'有案子的地方就有侦探'嘛……"

侦探争辩道。尽管他急得满头大汗，但质疑声依旧没有停下。

"难道不是你在制造案子吗？"

"绝对不是我！"侦探拼命摇头。

"坏人是不会主动承认自己是坏人的！"

"……"我又一次坚定了信念：我绝对不会看这部剧的。

剧情实在太过无聊，我又扭头看了看周围，突然发现堆放大型道具的角落里有个人影一闪而过。我不确定那是谁，但那做作的姿态让我不由得想到了我毛。

"创也，我刚刚好像看到我毛了。"

创也听到我的话，也开始四处张望起来。但我们并没有发现我毛的身影。

奇怪……难道是我看错了？

"樱井女士，接下来请您做准备！"助理导演对樱井说道。

看来闲聊到此为止了。我们打算离开 G 演播厅。

樱井从导演椅上站了起来，对我和创也说："你们可以留下参观啊，我今天是要通宵拍戏了。唉，老是熬夜，皮肤都变差了。"

"谢谢您的好意，但我们还有其他安排。祝您拍摄顺利。"说完，创也自然地伸出了右手，顺势与偶像握手道别。

出了 G 演播厅后，我有些不悦地说："我怎么不知道你是樱井花梨的粉丝？"错失了握手的机会，我难免有些嫉妒创也。

"你也去握不就好了？"创也好像看出了我的心思。说着，他快步朝走廊深处走去。

"你要去哪儿？"

他头也不回地回答道："G演播厅里没有任何线索，接下来我想去仓库看看。"

"仓库里有线索吗？"

"不好说……"

"也就是到处走走碰运气？"

"嗯，也可以这么说。不过……"创也眯起眼睛，目光变得锐利起来，"我还是相信，我和栗井荣太冥冥之中有一些缘分。只要坚持向前走，我肯定会找到线索的……"

创也竟然也会说这样的话。他总是很冷静，凭逻辑行事，极少像现在这样相信缘分和偶然。但其实，我也有同感。有些人是被时代选中的，比如栗井荣太，比如龙王创也。我也感觉二者之间有着看不见的联系，总有一天，他们会正面交锋。

"好，那我们去仓库吧。"

想到这儿，我也来了精神，从后边推着创也的肩膀向前跑了起来。

仓库的位置大概在地下一层。但问题在于，我们现在在哪儿？主馆，还是别馆？西馆、南馆，还是新馆？饶了我吧。

为了防止大家迷路，日本电视台走廊和台阶的颜色还会经常变化。但如果不知道各种颜色代表的意思，这个设计就毫无用处。

这时，我在走廊的角落里发现了一台自动贩卖机。

"等一下，创也！中场休息！"我拉住创也，"太累了，我们休息一会儿吧！"

听到我叫苦，创也只是冷冷地瞥了我一眼。我无视他的眼神，将硬币塞进了自动贩卖机里。创也站在那里，丝毫没有要投币的意思，看来是不打算休息了。

吃独食也不太好，没办法，我只能请他喝了。自动贩卖机里掉出两听可乐，我把其中一听扔给他。

"人啊，该休息的时候就得休息。"说着，我拉开可乐的拉环。

创也乖乖地接受了我的馈赠，动手打开可乐。扑哧一声，棕色的液体猛地从他手中的易拉罐里溢了出来，估计是因为刚才我扔给他的时候，瓶身晃动得有点儿剧烈。

"哎呀……"创也慌忙拿出手帕。

"你也太冒失了。"还好我离开咖啡厅的时候拿了些餐巾纸，这会儿正好派上用场。

"没事，用我自己的手帕擦就可以了。"

创也拿出他的名牌手帕擦拭着我买的可乐，我只好收起餐巾纸。可就在此时……

"嗯？"我突然发现其中一张餐巾纸上好像写着什么。

创也还在仔仔细细地擦着我买的可乐，我把这张餐巾纸递到他眼前："喂，创也，你看这个。"

"这是？"创也疑惑地接了过去。

那张餐巾纸上写着一排英文字母：

EQEYEQEEQF

"是什么密码吗？"创也认真地盯着这些字符。

"或许只是随手乱画？"

创也似乎并不认同我的猜测，他的视线始终没有离开餐巾纸。

"这张纸是你从咖啡厅带出来的吧？"创也问道。

没错，是我从咖啡厅桌子上的餐巾纸架里抽出来的。

"其他的呢？"

于是，我把口袋里剩下的纸全掏了出来。但其他餐巾纸上都是一片空白。

"这并不是随手乱画的，"创也自言自语道，"如果只是废纸，它是不会再被放回餐巾纸架里的。一般人只会把废纸团成一团，随意丢在桌子上。"

创也说的话没错。当时，《直播大闯关》的总编剧寺田先生就是把擦过嘴的废纸直接扔在了桌子上。

"那这是什么？难道真的是密码？"

如果是密码，那就有意思了！我超级喜欢密码，还有谜语。我又把餐巾纸从创也手里拿了回来。

"EQEYEQEEQF……"我静静地思考了几分钟。

"怎么样？"创也喝着我买的可乐问道。

不知道……或许可以找找规律？

"这一段英文字母中出现了两次'EQE'，但是最后一个却是'EQF'……"

创也沉默地听着。

"要是最后一个字母也是 E，就可以凑成第三个'EQE'了……"

我拿出马克笔，在"F"的下面添了一横，改成了"E"。

$$F \rightarrow E$$

嗯，这下就完美了！

"解读密码的时候，怎么能擅自修改原文呢？"创也多嘴道，"况且，就算凑出了三个'EQE'，又有什么意义？"

"嗯……我请你喝的可乐味道怎么样？"

"嗯？好喝啊。"

"那就好。"

我拍了拍创也的肩膀。

密码的事情就先放一放吧。我小心翼翼地将餐巾纸叠了起来，装进口袋。接下来，继续向仓库进发！

兜兜转转，绕了不少圈子，我们才终于找到了仓库。

"我们应该先计划好再行动的。"创也的语气很冷静，但现在说这话完全是马后炮。仔细想想，明明吃过下水道的亏，我们却根本没有吸取教训。

"仓库肯定就在演播厅附近。如果离得太远，搬运道具就会很麻烦。我们要是能早些想到这一点，就不会走那么多弯路了。"

没错，出了 G 演播厅后左转，走到走廊尽头右转，在第二个路口左转，再向前走一小段路就能看到仓库。

仓库里堆放着各种节目的道具和布景。我本以为仓库里有很多贵重物品，一定大门紧锁，安保严格，结果却完全相反：仓库入口看起来是双层的，但大门洞开，旁边连个保安都没有。我们就这样大摇大摆地走了进去。

里面一片昏暗。

"能开灯吗？"我试探性地问道。

"不能，我们还要调查仓库里有没有线索呢。开灯太显眼了，会被人发现的。"

于是我们摸黑往里走，可越走越暗，走廊的灯光也完全照不进来，里面黑得伸手不见五指。

"不开灯的话什么都看不见……内人，你应该没带手电筒吧？"创也问道。

我从创也的口袋里掏出手机，按下了开机键——手机屏幕能够持续为我们提供光亮。

"虽然不如灯光，但总比没有强。"

创也由衷地感叹道："你简直比哆啦 A 梦还可靠。"

"不客气，大雄，记得买铜锣烧给我吃。"我举着手机，朝仓库深处走去，"我们要抓紧时间，过一会儿《直播大闯关》的工作人员就该来搬道具了。"

我本以为仓库会遍地灰尘，杂乱无章，但事实并非如此，这里面的物品都摆放得井井有条。

我借着手机屏幕的光查看仓库里的东西，发现一个角落里摆放着《直播大闯关》的布景和道具。

放在最前面的是"密涅瓦的猫头鹰"雕像，实物比电视机里看起来要大很多，约莫有两米高，为了方便搬运，被分成了两部分。

雕像右后方是装雕像的水晶箱，它一条边就有三米多长，像个大水槽。左后方则整齐地摆放着选手们的箱式座椅。

"创也，你有什么发现吗？"

我对着身后的黑暗问道。但是没有听到任何回应。

"创也？"

仓库内一片寂静。紧接着，从某处传来咚的一声。

我正要转身，却突然被手帕捂住了口鼻。一股甜甜的气味飘进我的鼻子里……我很想问问创也 YPJY 是什么味道，可半句话也说不出，眼前的世界渐渐陷入了黑暗……

"怎么还没来……"堀越导演看了看手表。

他扭头问身旁的美晴："你那两个同学有手表吗？"

美晴点了点头。

"那是不是迷路了？第一次来，可能还不熟悉这里复杂的构造。"

工作人员们搬着布景和道具，匆匆经过他们俩身边。今晚的参赛选手们已经到场集合，赛前的选手说明会马上就要开始了。

"他们应该是觉得自己没有胜算，夹着尾巴逃跑了吧？"我毛豪太郎撩了一下刘海儿，"真是遗憾，我还想看看龙王创也被我打败时脸上的表情呢。"

听到我毛的这番言论，美晴气愤地瞪着他。

助理导演走过来，在堀越导演耳边说了些什么，似乎是再不开始说明会的话，时间就来不及了。

"没办法，只能算作弃权了。"

听到堀越导演的话，我毛得意扬扬地笑了。

"请等一下！"美晴不由自主地喊道，"我代替龙王同学参加！"

第五章
直播进行中

啊……头好痛……

我想揉一揉自己的头，却发现手好像被什么东西卡住了，难以活动。

怎么回事？

周围黑漆漆的，什么都看不见，身体也几乎动不了。我尽可能地伸出双手，摸索身边的东西——左手碰到了一个类似泡沫塑料的硬物，右手碰到的东西则比较柔软。

嗯？我试着捏了捏这个柔软的东西。

"好痛！"右边传来了创也的声音，"我也不指望你能提供多么优质的叫醒服务，但稍微温柔一点儿也不会遭天谴吧？"

嗯，听听这个熟悉的说话方式，这个人就是创也，肯定没错。

我慢慢了解了我俩现在的处境：我和创也似乎被一起关进了一个塑料泡沫箱里，就像被封进棺椁里的两个埃及木乃伊；现在这种头晕反胃的感觉大概是因为吸入了 YPJY；

没有被绑着；可以自由说话。

"要说为什么没有被绑起来，当然是因为没那个必要。"

创也说得没错。这个箱子极其狭窄，我们两个大活人挤在里面，一点儿动弹的空间也没有。

"还有，犯人为什么没有堵上我们的嘴？这说明我们目前所在的地方就算大声呼救，也没人能听得见。"

原来如此……我刚想大声喊"救命"，听他这么一说，还是放弃为好。

"还有，尽量不要大声说话。"

"这是为什么？"

"这个箱子的密封性应该很好，里面的氧气有限，大喊大叫或者哭闹挣扎只会白白消耗氧气。如果不想窒息，还是保持安静吧。"

好……好吧……

"究竟是谁把我们关进这个箱子里的呢？"

"你能不能问点儿我能回答的问题？"

好吧，那这个问题你总能回答了吧："现在几点了？"

创也听罢，挪了挪胳膊，让我能够看到他的手表。我低头看向他的左手腕，夜光表针指向了 6 点 30 分。

"参赛选手说明会已经开始了⋯⋯"

"现在得先想办法从这里出去。"

创也说得很对，我无法反驳。

"请大家牢牢记住，我们的节目是全程现场直播的。直播预计在 8 点结束，各环节会根据情况灵活调整时长，请大家听从现场导演的指示。"

选手们坐在折叠椅上，听着堀越导演的说明。

"还有其他问题吗？"堀越导演环视一周，无人举手提问。

"那么说明会到此结束。"

椅子发出咔嗒咔嗒的响声，选手们纷纷起身，准备候场。

我毛走向堀越美晴："今晚我注定成为超级冠军。你肯定也是这么希望的吧？"

美晴的背后汗毛直立，胳膊上也满是鸡皮疙瘩。

"到时候，我一定会向你送去胜利的飞吻。"

免了吧！美晴心想。

一向成熟稳重的美晴强忍着内心的怒火，沉默以对。没想到这份隐忍换来的却是得寸进尺。

我毛伸手揽住了美晴的肩膀："你还是这么容易害羞，

不要老是压抑自己哟。"

听到这句话，美晴终于忍无可忍。她决心不再压抑自己。她攥紧右拳，聚集了全身的力量，朝着目标（也就是我毛的脸）径直挥了过去。

"笔记本、零钱包、记号笔、两根橡皮筋、便利店的小票、两个用保鲜膜包起来的饭团……"

"纸巾、手帕、眼药水、笔记本、钱包……"

一片黑暗中，我和创也摸索着清点各自口袋中的物品。

面对危机时，首先要深呼吸，以及确认手头的工具——这是奶奶传授给我的黄金法则。

"关于绑架我们的嫌疑人，有一点是确定的……"创也开口道。

哦？我很期待他的结论，静静地听着。

"嫌疑人绝对不是樱井花梨的粉丝，如果是粉丝的话，肯定会先拿走签名笔记本。"

好无聊的推理。我就不该抱有期待。

我们又开始清点物品。

"除了这些，我还戴了一块手表。"创也说道。

我没有手表。

"创也，你的手机呢？"

"没了，估计是被拿走了。"

太遗憾了……如果有手机，还能打电话求助。

"有电话也没用。我们都不知道自己的具体位置，怎么让别人来救我们？"

我反驳道："手机不是可以定位吗？"

黑暗中，创也摇了摇头："定位也只会显示我们还在日本电视台，没有手机我也知道。"

我很惊讶。他是怎么知道的？

"我们没有昏迷太久，最多只有一个小时。要在如此短的时间内把我们关进箱子里，再从构造复杂的日本电视台里搬出去，你觉得可能吗？"

那倒是……光是把我们两个人装进箱子里就不是一件容易的事情。

"那我们现在是在日本电视台的什么地方呢？"

创也稍加思考，回答道："比如说，无人问津的地方。我们的嘴没有被堵上，说明嫌疑人并不担心周围有人能听到我们的呼救声。"

"难道是仓库?"

我的想法很快便被否定了。

"不,仓库不像你想的那么冷清。为了搬运布景和道具,反而经常有人出入……"

那究竟是哪儿呢……我绞尽脑汁,依然毫无头绪。

这时,创也突然开口说道:"还有另一种可能性。"

同样是人,为什么他的脑袋可以转得这么快?

"比如,这个箱子是隔音的,或者箱子外面还有一层外壳,所以我们的声音传不出去。"

原来如此,我确实完全听不到外边的动静。即便我们大声呼救,恐怕也无济于事。

这时,我突然意识到了一件事:刚才清点物品的时候,我口袋里的餐巾纸不见了。

那张写着密码的餐巾纸不翼而飞了……

"如今是智慧的时代……"

节目终于还是开始了。美晴坐在选手席上,感到自己的面部肌肉逐渐僵硬。

"只有强大的知识储备才能孕育出真正的智慧。电视机前的你，要不要来检验一下自己的知识储备呢？"

片头结束，镜头转向站在舞台中央的主持人。

今天我上场参赛，爸爸肯定也紧张得心怦怦直跳吧……美晴偷偷瞄了一眼演播厅的小二层。那里是副控制室，堀越导演正通过头戴式话筒给助理导演和摄影师下达指令。

阶梯观众席上响起了热烈的掌声，镜头依次扫过参赛选手的脸。

我的笑容自然吗……美晴有些在意自己是否上镜。

镜头往上，扫过坐在最高处的冠军——我毛豪太郎，紧接着便定格在他上方的那个水晶箱，以及里面的"密涅瓦的猫头鹰"雕像上。

"咕咕——！"伴随着猫头鹰的啼鸣声，观众的掌声渐息。

两位主持人对着镜头鞠了一躬。

"'密涅瓦的猫头鹰'今日也为我们啼鸣，又到了《直播大闯关》的时间。"

"直播大闯关，知识大挑战！让我们开始今天的答题环节吧！"

观众席上再次响起了掌声。

其中一位主持人走向冠军，递出了自己的话筒："冠军，今天就要向'超级冠军'发起冲击了，你的心情如何？"

"我会努力的！"冠军说完撩了一下刘海儿。他的鼻孔里还塞着止血的纸巾。

"不愧是血气方刚的冠军，激动得鼻血都流出来了！"

主持人的话引得观众们发出阵阵尖叫，大家纷纷挥舞起手中的加油横幅。

"还是没赶上节目。"我望着创也的手表说道。

"无所谓。本来我们来这里的目的就是寻找关于栗井荣太的线索，而不是参加答题节目。"

的确，就算创也不参加节目，对我本人也没什么影响。只不过，一想到美晴那么希望创也打败冠军，而我们却要让她失望了，我还是难免有点儿愧疚。

"我思前想后，这次绑架事件恐怕是嫌疑人临时起意所为。我们没有被绑起来也证明了这一点——嫌疑人虽然碰巧拿到了YPJY，却没有时间准备绳子。"

创也的话有道理。还好嫌疑人把我们俩关在了一起，要是我独自困在这么阴暗狭窄的地方，肯定早就吓得魂不附体了。就算身处险境，旁边有个朋友说说话，还是会安心一些。

等等……

黑暗中,我冷静下来。说到底,我为什么会身处险境呢?难道不正是因为创也吗?

仔细一想,创也作为龙王集团的继承人,对勒索犯来说,应该是不可多得的猎物吧?

卓也先生也叮嘱过他,千万不能把相貌和姓名透露给别人。也就是说,创也非常容易被坏人盯上。时时和这样的家伙待在一起,我岂不是也会一直处于危险之中!

嗯,以后创也再邀请我出去,我可得好好考虑考虑了。

创也听完我的想法,捏着嗓子回道:"我们不是命运共同体吗?不要对我这么冷漠嘛。"

鬼才会被你骗!

"还有,你是不是误会了?"创也接着说道。

我误会什么了?

"这次的事件,我并不是嫌疑人的目标。"创也语出惊人。

创也不是目标……那总不能我是目标吧?

"是的,你才是目标。"

等……等一下!我只是在普通家庭长大的平凡初中生。

绑架我，嫌疑人能得到什么好处？

"严格来说，目标并不是你，而是你手里的东西。"

我手里的东西？

"刚才清点物品的时候不是少了个东西吗？嫌疑人的目标就是它。"

不见的东西……餐巾纸！

黑暗中，我感到创也点了点头。

"就为了那张纸绑架我们？怎么可能？如果需要餐巾纸，餐厅里不是有很多吗？你看，你的手机不是也没了吗？嫌疑人想要的应该是你的手机吧！"我慌张地反驳道。

"为什么？"

听到创也冷冰冰的语气，我恢复了冷静。是啊……如果需要手机，可以找人借用，根本没必要为此去绑架谁。更何况，电视台的走廊里还有公用电话。

可是，如果嫌疑人的目标只是餐巾纸，那就更说不通了。

"对于一般的餐巾纸，的确不用这么大动干戈，但你手里那张可不一般……"

那张纸确实和其他餐巾纸不同，上面写着某种密码。

"这么说，嫌疑人是想拿到那串密码喽？"

“多半是。”

那串密码居然这么重要……

“我们分工合作吧。你负责想办法让我们从这里逃出去。你需要多久？”

我又回想了一下手中的物品。利用这些东西，差不多三十分钟就能逃出去。

“好，那我也控制在三十分钟以内。”

“你要做什么？”

“案情尚不明朗，我需要梳理每一个要素、每一条线索，把整件事按照逻辑从头到尾重新整理一遍。”

创也的话很是难懂。

“也就是说，你要解开包括密码在内的所有谜题？”

“That's right！（没错！）”创也答道。他真爱耍帅！

“明白了。给你三十分钟，为我们揭开谜底吧，大侦探福尔摩斯先生。”

“能不能逃出去，就看你了，华生。”创也说道。

即使眼前一片黑暗，我也能感觉到这个家伙冲我眨了眨眼。

"第三题结束，又有两位选手被淘汰了，而我们的冠军依旧发挥稳定。"一位主持人说道，"而且，今天还有一位冠军的同龄人参加。堀越美晴同学，希望你好好加油哟！"

镜头似乎对准了自己，美晴挤出一个僵硬的笑容。

"接下来进入广告时间。"

我尽可能弯曲右腿，伸长右臂。太痛苦了……早知道我就提前练习练习拉伸了。

不过，总算成功把鞋带拆了下来。这条鞋带用了很久，都起毛边了。

接下来，我把饭团拿出来，用左手碾碎米粒，将米糊涂抹在鞋带上。这可是个精细活儿，不仅要抹得全面，还要抹得均匀。

过了一会儿，我感觉米糊开始变硬，鞋带也渐渐变成了一根大约三十厘米长的细棍。

我用手指弹了弹鞋带。嘭嘭！鞋带发出塑料棍似的弹响声。

嗯，硬度足够，可以用了！

我小心地将鞋带插进眼前的泡沫箱壁上。鞋带向前探了

五厘米左右后，阻力突然消失了。我将鞋带抽回来，一束细微的光从鞋带扎透的小孔中钻了进来。

成功了！

我把鞋带对准小孔下方，再次插了进去。接下来，只要重复这个操作，就可以切开箱子了。

"再有十分钟，我们就能逃出去了。"

我问创也："还剩一个饭团，你吃吗？"

"那你呢？"

创也已经默不作声地思考了很久，现在总算又听到了他的声音。

"我不吃。"

创也又陷入了沉默，半晌才再度开口。

"你吃我就吃，一人一半吧。"

原来创也是这么想的。

我尽量把饭团平均分成两半。创也接过半个饭团，冷不丁地问道："你吃三明治的时候用筷子还是叉子？"

他这是在说什么？吃三明治不都是用手拿着吃吗？就跟吃饭团一样。

"如果正准备吃三明治，却发现手被记号笔蹭脏了，你会怎么办呢？"

"嗯……去洗个手吧。"

"对，这才是正常的做法。但是，寺田先生拿着三明治的手上却有记号笔的痕迹。这是为什么呢？"

"或许是因为太忙了，没有时间洗手……"

我虽然这么说，但其实并不确定。当时的寺田先生看上去一点儿都不忙，还有工夫悠闲地喝咖啡呢。

"还有一个可能，"创也说，"寺田先生吃完三明治以后才用记号笔写了什么，这样就能解释为什么他和我们握手的时候手上还有记号笔的痕迹了。"

原来如此……但是这又能说明什么呢？我有些摸不着头脑。

创也向我解释道："这说明那张餐巾纸上的密码是寺田先生写的。"

"他是编剧，是不是在餐巾纸上随手写了些草稿？"

"不是说不通，但这种可能性几乎为零。"

"为什么？"

"你写草稿的时候会用记号笔吗？正常来说，一般人都会选择笔尖更细的签字笔。更何况寺田先生是个年轻人，比起手写，他应该会更倾向于用电脑写作吧？"

好吧好吧，你赢了。

耳朵听着创也的话，我手上的工作也没有停下。泡沫箱的裂缝越来越大了，这样下去，这个箱子很快就会裂成两半。

"接下来是第五题……"

美晴集中精力作答。第一题和第二题，她都知道答案。但是，第三题和第四题，她是凭直觉蒙对的。

老天保佑，让我碰上简单的问题吧！

大屏幕上出现了第五题。

二十四节气中的"处暑"属于哪个季节？

①春季　②夏季　③秋季　④冬季

太好了，这个问题很简单！

美晴正要按下第二个按键，却突然停住了手。

等等，这道题是不是有点儿太简单了？赛程快要过半，也是时候出一些陷阱问题，让观众们看看期待已久的惩罚环节了……

美晴瞥了一眼副控制室。父亲堀越导演和往常一样，正在那里笑呵呵地俯瞰整个演播厅。

看到这个表情，美晴确定了：答案一定不是"夏季"！

那会是什么呢？

"最后五秒。"

主持人的声音无情地响起。其他选手已经作答完毕，一脸轻松。

答案会是秋季吗？还是春季？难不成，是冬季？美晴心慌意乱，六神无主。每一个选项看上去都很像正确答案。这要是学校的考试，还能通过转铅笔来决定……

截止作答的铃声即将响起。

啊……我放弃了!

美晴闭上眼睛,伸手随便按了一个键。与此同时,铃声响起。

"答题时间结束。"听到主持人的声音,美晴睁开眼睛,确认了一下自己按的键。

是③……

"正确答案是……"

背景音乐的鼓声越来越大,这是在故意营造紧张的气氛。

"③秋季!"

听到答案的那一刻,美晴如释重负。可现在还不是彻底放松的时候。刚刚只是侥幸,接下来还有五道题在等待着她……想到这里,美晴恨不得大哭一场。

第五题有一名选手答错了。

"现在是惩罚游戏的时间!"主持人高声说道。

"你觉得,那串密码代表的是什么?"创也问道。

我正忙于给箱子钻孔,头也不回地答道:"多半是《直播大闯关》的题目答案吧。"

"我也这么觉得。寺田先生把答案写在某张餐巾纸上，再把它塞回餐巾纸架里。然后，我毛去餐厅取出那张纸巾，这样就可以神不知鬼不觉地拿到题目的答案了。"

堀越导演的下属盯得很紧，所以他们两人才想出了这个办法吧。

"但很不幸，冠军还没来得及拿走纸巾，我们就先占了那张桌子。更不幸的是，我们中还有一人，他信奉的座右铭是'免费的东西，不拿白不拿'。"

黑暗中，我依然感受到了创也灼热视线的炙烤。好吧好吧，这个人就是我。

"在 G 演播厅的时候，你不是说看到了一个很像我毛的人吗？那个人恐怕就是我毛。他为了拿回餐巾纸，一直跟在我们后面，伺机而动。"

装有 YPJY 的瓶子就在 G 演播厅里。一定是我毛偷偷拿到 YPJY，然后在仓库里将我们迷晕了……

下次再见到这个家伙，我一定不会放过他！

想到这里，我立刻来了力气，钻起箱子来更起劲了。

"令爱表现不错呀。"二层的副控制室里，助理导演对堀越导演说道。

"她从小就机灵。"堀越导演看得出来，从第三题开始，美晴就是在蒙答案了。

"冠军也是一副势在必得的架势。搞不好，今天就要出现'超级冠军'了。"

"嗯……"

根据下属们的报告，冠军和寺田先生没有接触过。但堀越导演对这个结果很不满意。寺田先生没有泄题，这对节目组来说当然是件好事。冠军一路凭借自己的实力成为"超级冠军"，这情节也足够感人。但堀越导演还是很不满意。这种一帆风顺、四平八稳的剧情实在太没意思了！堀越导演追求的是"有趣"！

"嗯？"助理导演揉了揉眼睛。

"怎么了？"堀越导演问。

"没事，也许是灯光晃了我的眼睛……我好像看到'密涅瓦的猫头鹰'里有根针似的东西冒了出来……"

"啊？"堀越导演看向"密涅瓦的猫头鹰"，并没发现什么异样。

他拍了拍助理导演的肩膀："你太累了，可能看花眼了，节目结束后，好好休息一下吧。"

"还剩下两个问题。"我对创也说道，"其一，我们虽然能猜到密码传递的是答案，但还是不知道该如何破解。"

"那你可太小瞧我了。"

看创也这么自信，难道他已经解开密码了？

"不就是解开密码嘛，小菜一碟。"

他越是扬扬得意，我就越不想搭话，省得助长他的气焰。（哼，反正我又听不懂！）

我不理会他，接着说道："其二，绑架我们时，我毛是独自行动的吗？他可以一个人将我们迷晕，但要把我们俩装进一个箱子里，再悄悄搬走藏起来……只凭他自己是办不到的吧？"

"这个问题也很简单。"

我一听，下定决心不再提问，继续闷头给箱子钻孔。不必担心，只要我保持沉默，创也一定会忍不住主动开始解释的。

果不其然，没一会儿他就自己开口了。

"你觉得，电视台里最适合藏人的地方，是哪儿？"

我稍加思索，便回答道："应该还是仓库吧？"

"我曾经也这么觉得。但是，舞台布景和道具经常需要搬进搬出，仓库出入的人其实比我们想象的要多，把人长时间藏在仓库并不保险。"

确实如此。可其他地方……

"那艺人休息室呢？"

"也不合适。从仓库到休息室还有段距离，一个人独自把两个昏迷的人搬过去又累又显眼。于是，我毛想到，根本不需要让我们藏那么久，只要藏到《直播大闯关》结束就可以了。"

"为什么？"

"因为无论我们是否注意到了寺田先生透题这件事，只要节目结束，一切就板上钉钉了。即使事后想举报他，我们也拿不出任何证据，这样就没人会相信我们。"

原来是这样……

"同时，如果一直没人来救我们，我毛也怕我们有生命危险。YPJY 到底能让我们昏迷多久，他也不清楚。考虑再三，他想到了一个最合适的地方……"

不行，我想不到是哪里。

"那就是节目直播过程中无人问津，但是节目结束后会自然地被人发现的地方。藏在那里，他甚至不需要担心怎么把我们搬出去。"

会刚好有这种称心如意的地方吗？到底是哪里啊……

"然而，他做梦都不会想到，我们能够凭借自己的力量逃出去。"

我放弃了思考。

"没关系，很快你就会知道了。"创也说。

虽然看不到他的表情，但我想，应该是天使一样的笑脸吧。

"正确选项是①！"

太好了！

现场的选手只剩下冠军和美晴二人。

第九题也蒙对了，太不容易了。可最后一道题是抢答题，就算我知道答案，也不一定能获胜。像我这样每次作答都磨磨蹭蹭的人，怎么可能赢得过冠军……

美晴瞥了一眼我毛。只见他抱着双臂，脸上浮现出一抹浅浅的笑容。

怎么办才好……

"冠军，接下来就是最后一题了呢。"一位主持人将话筒递向了我毛。

我毛撩了一下刘海儿："我会加油的！"

场下又爆发出一阵欢呼声。

"堀越美晴同学，你虽然是初次参赛，但表现得真不错。比赛进行到现在，你有获胜的信心吗？"

美晴答不上来，只好含混地笑了笑。

"在进入最后一题之前，我们先看一段广告。"

"好了！"箱体内部十分狭窄，我艰难地一点儿一点儿挪动手臂，好不容易才在箱壁上戳出一条一米多长的裂缝，"创也，用你的右手和右脚使劲向右推。左边交给我。"

"明白！"

"推！"

我和创也使上了全身的力气。

咔嚓！

"观众朋友们，欢迎回来！激动人心的时刻终于到了，请听最后一题！"广告结束，主持人说道。

"果然不是我看错了！"与此同时，副控制室内，助理导演大声叫道，"快看'密涅瓦的猫头鹰'！"

"哇哇哇哇哇！"

伴随着巨大的咔嚓声，我们所在的泡沫箱瞬间裂成两半，刺眼的光芒争先恐后地涌了进来。由于光线太强烈，加上推泡沫箱时用力过猛，我和创也晕头转向的，一个跟头就撞在了水晶箱内壁上，把水晶箱撞得四分五裂。

原来是这样……

我的眼睛逐渐适应了周围的光线，四周的景象一一映入眼帘。原来我们是被装进了"密涅瓦的猫头鹰"雕像里。现在，我和创也正和裂成两半的道具猫头鹰以及水晶箱的碎片一起不断沿着台阶滚落，根本停不下来。天花板上的聚光灯、摇臂摄像机、观众席里的女孩们、两位主持人，以及选手席上一脸惊愕的美晴……纷纷从我眼前掠过。

咦，我毛在哪儿？

我的疑问很快就得到了解答。

哐啷！咕咚！咔嚓！

我们俩终于滚落到了演播厅的地板上。我感到轻微的疼痛，但没有受伤——还得多亏我毛垫在了我们身下（虽然他本人应该并不想）。

"你……你们俩，到底在搞什么鬼！"

我毛从碎裂的道具猫头鹰底下爬了出来。他看上去也安然无恙，真是皆大欢喜。

"你身为冠军，说话可不能这么粗鲁，"创也站起身，优雅地掸了掸衣服上的碎屑，"更何况接下来还有一场好戏呢。"

说完，他伸出手，指向摄像机："It's a showtime!（真相即将揭晓！）"

"堀越先生，现在该怎么办？要不要紧急插播一段广告？"副控制室里，助理导演急得团团转。

遭遇突发事件，直播就必须终止，工作人员会被追责，那我就会被解雇！助理导演满脑子都是这些想法。谁知堀越导演的反应却出人意料。

"一号、二号机位，给这个男孩一个特写。三号机位，从上往下，拍摄观众们惊讶的表情。现场导演，给主持人一个提示，让他们先别说话。好了，各位，千万不要松懈，接下来还有一场好戏呢！"堀越导演对着耳麦快速指示道。

他满脑子都是"遭遇突发事件，太有意思了"这一想法。

"真的不终止直播吗？"

面对惊慌失措的助理导演，堀越导演回答道："当然不了！要是白白浪费如此富有戏剧冲突的一幕，我们怎么能称得上媒体人！"

堀越隆文，四十七岁，为了"有趣"的节目呕心沥血，称得上一位天生的媒体人。

第六章
惊天大反转

所幸所有的摄像机都对着创也和观众，而不是我。我从碎裂的道具猫头鹰中爬出来，蹑手蹑脚地溜进了观众席。我找到一个角落的位置坐下，伸了个大大的懒腰。好，接下来就让我休息一下，等待好戏开场吧。

创也走向选手席上的美晴。"抱歉，我们遇上了意外，我来晚了，"说着他低下头，"不过还好赶上了最后一题。你愿意原谅我的迟到吗？"

美晴点了点头。

"那就按照我们之前约好的，让我来打败冠军吧。"创也紧紧地盯着我毛。看来，他嘴上不说，其实心里也很生气。

"打扰一下……"主持人举着话筒走近创也，"这位同学，你登场的方式十分与众不同。请问你的名字是……？"

"我叫龙王创也。"

镜头聚焦在创也的脸上。看到这张脸，恐怕会有很多我毛的粉丝转而支持创也吧。

"我是今晚的参赛选手。我之所以来迟了,是因为遭到了某人的暗算,"创也对着话筒说道,"而这个人暗算我,是因为我撞破了他的阴谋。"

"阴谋?"

"是的,"创也抬起手臂,指向我毛,"这位冠军在节目开始前就拿到了答案。这就是他的阴谋。"

创也的每个姿势都很上镜,摄影师们应该很省心吧。

"莫名其妙。你到底在说什么?"我毛无奈地摊开双手。

"冠军,你为了拿到写有答案的餐巾纸,一直尾随我们。"创也丝毫不顾我毛的挑衅,气定神闲地开始了讲述。

他缓缓踱步,字字清晰,还不忘时不时看一眼镜头:"可怎么才能拿到呢?你想了很久,终于在 G 演播厅发现了一样东西。"

说到这里,创也顿了顿,看向我毛。

"YPJY。"

"……"

"你在仓库里,用喷了 YPJY 的手帕将我们迷晕。"

我毛反问道:"你有证据吗?"

"一般人不会知道 YPJY 这种东西,除非这个人是知识问答比赛的冠军。"

"这算什么证据？跟那部电视剧有关的工作人员不是也知道这一点吗？"

"的确，但只要电视剧还在录制，工作人员就无法离开拍摄现场。拍摄恐怕到现在都还没结束。"

创也已经掌控了整个舞台。就连两位主持人都仿佛忘记了直播还在继续，一直专注地听着创也和我毛的对话。

"你将我们迷晕，顺利拿走了餐巾纸。不过，怎么善后才是最令你头疼的。"创也继续说道，"你不能就这样把我们扔在仓库里，因为《直播大闯关》的工作人员很快就要进来搬布景和道具了。我们如果被他们发现，马上醒了过来，也许会意识到餐巾纸丢失与透题事件是有联系的，那我们就可以在节目开始前戳穿你。"

我毛不动声色地听着。

"话又说回来，你一个人也无法将我们搬出仓库，而且，你并不能确定 YPJY 的药效是否会让我们昏迷很久。万一如此，又一直没人来救我们，搞不好会出人命。"

"……"

"就在这时，你发现了一个完美的藏人地点。"创也指向破碎的"密涅瓦的猫头鹰"，得意地笑了，"就是这里。只要把我们藏在这个道具内部，那么就算我们在节目直播期间醒来也绝不会被人发现。同时，节目结束后，一旦有人来搬运道具，我们俩就会被发现。此时尘埃落定，你既不用担心我们会捣乱，也不用担心会出人命。所以我才说，这个地方对你来说十分完美。"

"……"

"只不过你有两点失算了：第一，YPJY的药效比你预想的更短，节目开始没多久，我们就醒了；第二，我们可以靠自己的力量从'密涅瓦的猫头鹰'里面逃出来。"创也用犀利的目光看向我毛，"冠军，你还有什么想说的吗？"

我毛保持着沉默，只有肩膀在微微颤动。他这是在……笑吗？

很快，我毛大笑起来，还开心地鼓起了掌："哈哈哈哈！真是的，这个节目什么时候变成了搞笑节目？想搞笑也要有分寸吧。"

下一秒，我毛收起了笑脸，还击道："你刚刚说的这些只不过是臆测。想让人相信你，就得拿出证据来。"

"要证据啊……"创也抬手，揉了揉额头。

221

"先说清楚，你有没有作弊都跟我没关系。对回答这么简单的问题都要作弊的人，我并不感兴趣。我答应美晴的只有一件事，"创也看了看美晴，然后伸出手，作手枪状瞄准了我毛的前胸，"那就是打败你，阻止你成为'超级冠军'。"

"别说大话，小心事后丢人。"

"不，你已经输了。如果你不信，那我就证明给你看。"

创也朝现场导演挥了挥手，要来了两块白板："我会在这里写下这场游戏的结局。"说完，他用记号笔在白板上写了些什么，然后对两位主持人说："请出第十题吧。"

此时两位主持人才回过神来，想起自己还有工作没做完。

"接下来，请听最后一道题。"一位主持人对着镜头说道，"最后一题是抢答题。更快选出正确答案的选手将成为本周的冠军。"

镜头轮流切换着创也和我毛的特写。

"那么，请看大屏幕！"

动物在准备冬眠时，会在以下哪个地方挖洞呢？

①朝西的地方　②朝东的地方

---

③朝南的地方　④朝北的地方

我毛的手动了！他果断地按下了按键。再看创也，他却闭着眼睛，抱着胳膊，站在那里一动不动。

"龙王同学，你不打算抢答吗？要是冠军答对了，那你就输了。"

听到主持人的话，创也睁开了眼睛，从容不迫地说道："不必担心，结局已定。"

听到这句话，我毛冷笑了一声。

"冠军选择的答案是'③朝南的地方'！"主持人大声宣布，"那么，正确答案是……"

场上响起了架子鼓激昂的声音，舞台周围的红绿灯光不断变换。演播厅内的所有人都屏住了呼吸。

"正确答案是'④朝北的地方'！"

"什么！"我毛大喊着，"怎么会……为什么不是③……"他冲到主持人面前，揪住主持人的衣领质问道："你们私自换题了！"

"我……我们没有啊！"主持人慌忙辩解。

"他说的话没错，题目并没有换。"创也冷冷地说。

所有人的目光都聚焦到创也身上。只见他拿出刚才向现场导演要来的其中一块白板，展示给镜头，上面写着：

> 冠军会选③。
> 但那个答案是错的。

"刚才我说过，结局已定。请看。"
创也将另一块白板也举了起来。

> 正确答案是④。

主持人看到白板上的内容，惊讶地叫道："答对了！第十题的答案是④！龙王同学胜出！"

小号声响彻整间演播厅，无数彩色纸片如飞舞的雪花般纷纷扬扬落下。

我毛绝望地跪坐在地板上。

"你之所以会失败，是因为你完全照搬答案，毫不动脑思考。"创也对我毛说道，"动物准备冬眠时，会在哪里挖洞？第一反应当然是在朝南的地方，因为那里比较暖和。这很好理解，也符合直觉。但是如果再深入思考一下呢？"

说到这里，创也看向我："内人，你肯定知道答案吧，能不能请你解释一下？"

我想起小时候有一回奶奶带我进山。那是一个初春，蛇和青蛙从冬眠中苏醒，纷纷钻出洞口。但令我不解的是，它们的洞竟然都挖在了朝北的山坡上。

"奶奶，蛇和青蛙都好笨啊，为什么不在朝南的地方挖洞冬眠呢？"

听到我的疑问，奶奶给了我一个提示。

"内人，蛇和青蛙可不笨哟。你再想想，如果动物们在朝南的地方冬眠，到了春天会发生什么？"

我又想了想。

春天到来的时候，朝南的地方很快就会变得很暖和。动物们感知到温度上升，就会从冬眠中苏醒，高兴地从洞里跑出来。可这时，外面的气温还不算高，食物也很少，它们的身体也很僵硬，要想生存下去太困难了。

反之，如果在朝北的地方挖洞……

当朝北处都回暖的时候，其他地方肯定就更暖和了，外面一定处处春意盎然喽！

"我明白了，奶奶！"

奶奶听到我的回答，慈祥地摸了摸我的头。

"原来是这样。"听到我的解释，我毛小声嘟囔着。忽然，他好像意识到了什么，猛地抬起了头："但最后一题的答案明明写的是③！难道是寺田先生弄错了……"

"不，冠军。"

创也从现场导演手里接过一块新的白板："那么就让我解释一下，你是怎么答错的吧。"说着他将那串密码写在了白板上：

EQEYEQEEQF

"你拿到的答案序号是加密过的，但加密方式并不复杂。白板上每一个字母都对应一个答案序号，只要清楚对应关系，谜底就显而易见了。"

创也在另一块白板上写下数字 1、2、3、4，然后开始唱儿歌。

"数字 1，像什么？ 1 像铅笔，能写字。"

他一边唱，一边在数字 1 下画了一根铅笔。

"数字2，像什么？2像鸭子，嘎嘎叫。"

他又在数字2下画了一只小鸭子。（如果没听过这首歌，我会以为他画的是一只野鸭。）

"数字3，像什么？3像耳朵，听声音。"

创也在数字3的下面画了一只耳朵。

"数字4，像什么？4像帆船，水中漂。"

创也在数字4的下面画了一艘帆船。

"也就是说，'铅笔'拼音的首字母'Q'代表1，'鸭子'拼音的首字母'Y'代表2，'耳朵'拼音的首字母'E'代表3，'帆船'拼音的首字母'F'代表4。这样一来，密码就变成了……"

创也在"EQEYEQEEQF"的旁边写下了"③①③②③①③③①④"。

"不……不是这样的！最后一个字母明明是'E'，不是'F'！"我毛大喊道。

对不起，是我在"F"上加了一笔，把它变成了"E"……这件事要是被我毛知道了，他肯定饶不了我。我还是保持沉默吧！

创也对我毛说道："冠军，等你不再用浅薄的知识粉饰自己，真正理解知识的作用之后，我们再来交手吧。"

一切尘埃落定。

现场导演站在摄像机后面，拼命地向主持人打手势。两位主持人赶紧举起话筒，说出最后的主持词。

"今天的节目真是充满惊喜。观众朋友们，我们下周再见！"

两位主持人微笑着挥挥手，片尾曲缓缓响起，直播到此结束。

"好累啊！"我和创也离开了演播厅。走廊里的空气微凉，令人神清气爽。

"谢谢你，龙王同学，还有内……藤同学。"

美晴跑出来向创也道谢，但在说到我的名字时明显停顿了一下，似乎忘了我叫什么。（呜呜呜，没关系，我不介意……）

这时，堀越导演也从副控制室里赶了过来。

"你们的表现太精彩了！收视率很快就能统计出来，我相信今天的数据一定很漂亮。"堀越导演看起来喜气洋洋的。

"抱歉，我们突然出现，打乱了节目的正常节奏。"

创也低头道歉，堀越导演却摆了摆右手："没有没有，你们的出现让节目更好看了！"

堀越导演的笑容无比真诚。这次突发事件对他来说可能确实是一件好事，可对我们两个来说……

"结果，到最后也没有找到任何关于 Eator CR 的线索。"我对创也说道。

创也耸了耸肩。

这时，堀越导演漫不经心地插了一句："什么？你们俩在找 Eator？"

听到这话，我们震惊得半晌说不出话来。堀越导演居然认识 Eator CR？我此刻的心情就好比我们接连数日潜伏在深山里搜寻雪怪，等食物和体力全部耗尽时，雪怪突然端着咖啡出现，热情地说"辛苦你们了"一样。

"您认识 Eator CR 吗？"创也问道。

"嗯，差不多半年前见过一面。"

这句话对我的冲击不亚于雪怪向我递来名片。

堀越导演继续说道："那是一个深夜。我看到一个小女孩独自在台里徘徊，觉得很奇怪，就主动跟她聊了两句。"

小女孩？

"一头金发，蓝色眼睛，看上去有十一二岁。我还以为这个小女孩是外国人，但她听不懂我说的英语。我又换成俄语、法语和葡萄牙语跟她打招呼，她还是很茫然。最后，她竟然对我说：'叔叔，G 演播厅在哪儿？'"

这一刻，雪怪好像在我面前耍起了杂技。

难道 Eator CR 是个小女孩吗？

我看了看创也，发现他也惊讶得睁大了眼睛。我很少见到他露出这种表情，如果手里有相机，我一定会毫不犹豫地按下快门。

这时……

"创也少爷，我找了你好久……"

我们背后响起一个令人毛骨悚然的声音。我和创也缓慢地转过身，看到了浑身是伤的卓也先生。他的声音听上去很平静，但眼神里写满了愤怒。

"卓……卓也先生……好久不见！不愧是您，能突破保安们的围追堵截找到这里。"创也故作轻松。

"多亏了社长和会长，也多亏了龙王集团是日本电视台的大赞助商。不过我还不太了解情况。创也少爷，你该不会是上电视节目了吧？"

如果话语能用温度衡量，卓也先生最后这句话应该已经低于 0℃ 了。

"回到家后，请你好好解释一下事情的经过吧。"卓也先生的语气逐渐趋近绝对零度[1]。他面无表情，伸手抓住我和创也的后衣领，把我们拉走了。我和创也就像两只做了错事后被生气的猫妈妈叼走的小猫……

这时，一个男人气喘吁吁地跑到卓也先生面前。

---

1 热力学的最低温度，约为-273℃。——编者注

"啊，您在这儿啊。"男人用手绢擦了擦汗，递来一张名片。

卓也先生接过名片，我和创也偷偷瞄了一眼。

金本电影股份有限公司

人事部部长　鸟本耕二

"今天有幸看到您和保安们打斗，那场面实在太令人印象深刻了！"鸟本先生手舞足蹈，很是激动，"我们想邀请您来参演我们公司的动作电影，我们正缺一位合适的主角。相信有了您的加入，电影一定会非常精彩！"

卓也先生看着名片，默不作声。

"怎么样，要不要考虑一下？"鸟本先生热情地盯着卓也先生。

卓也先生思考了一会儿。

"多谢您的邀请，只是我能力有限……"卓也先生低下头，委婉地拒绝了。

"好吧……"鸟本先生的声音听上去很遗憾，"您如果改变了主意，可以随时联系我。我们随时欢迎您。"然后他一步三回头，失望地离开了。

"为什么要拒绝呢？多好的机会啊。"创也说道，"您去拍电影，就可以不做我的保镖了。"

"早上在车里的时候我已经说过了，"卓也先生的表情很认真，"我的梦想是成为幼儿园老师，和可爱的孩子们风平浪静地度过每一天，而不是做什么电影明星。更何况……"

说到这儿，卓也先生突然笑了："做创也少爷的保镖可没有剧本，这不比拍电影有意思？"

创也听完什么都没说，只是有点儿不好意思似的低下了头。他想了想，干巴巴地说道："回家前要不要去吃拉面？我请客。"

"我还没有落魄到需要一个未成年的孩子请吃饭的地步。"

卓也先生的语气听上去很冷淡，只是眼角露出一丝藏不住的笑意。

漫长的一天终于结束了。我们在电视台经历了很多事情，但最主要的任务——寻找与栗井荣太有关的线索没有取得实质性进展。不过，我和创也依然充满信心。

创也说过，只要继续往前走，就一定能找到栗井荣太。

我对此也深信不疑。

　　总有一天，我们会和栗井荣太相遇的。

尾　声

电视台风波已经过去十天了。创也照常在城堡里摆弄电脑，修修从垃圾堆里捡回来的机器，或是坐在沙发上看书。至于我，每天都在闷头研究红茶的泡法，争取赶上创也的手艺。

那一天，我正要去城堡，走着走着看到卓也先生的黑色大轿车——1974年产的"道奇Monaco440"，正停在城堡前的马路上。

卓也先生在，就说明创也在城堡里。

就在我要拐进那条高楼间的狭窄小巷时，我突然发现入口处有个人，他好像被卡住了。

那人身穿绿色制服，好像是个邮递员。他想侧身走进小巷，但是宽厚的肩背以及鼓起的肚腩却不允许他继续前进了。

"您还好吗？"我问道。

邮递员听到我的声音，痛苦地转过头来。

"不怎么好……"

“需要我帮忙吗？”

“需要，谢谢你。”

我拽着他的胳膊用力向外拉，感觉嘭的一下，邮递员的身体就像被拔出的香槟酒瓶塞一样弹了出来。

“唉，真是太倒霉了……”邮递员大口喘着气，肩膀上下起伏——这副样子让我想起了夏天地面上蒸腾的热浪。他体形微胖，帽檐压得很低，我看不到他的表情，也看不出他多大年纪。

“请问你是龙王创也吗？”邮递员问我。

“我不是。”

“哦，那太不凑巧了。我这儿有一封信，是寄给龙王创也的……”

原来如此，所以他才会卡在这条巷子中间。

“我帮你带给创也吧，我正要去找他。”

邮递员高兴得欢呼起来：“那太好了！”

说着，他递给我一个白色的信封，然后骑上停在路边的红色自行车离开了。

“那人到底是什么来头？”背后突然传来这么一句话。我吓了一跳，回头一看，原来是卓也先生。他正盯着邮递员远去的方向。卓也先生主动和我说话，这还是第一次。

"什么来头……不是邮递员吗？"

卓也先生静静地摇了摇头。

这么说来，我想起刚才那人卡在小巷子里的时候，卓也先生并没有要帮忙的意思，甚至都没从车里出来。卓也先生表面看着可怕，但向来热心，看到有人遇到困难，绝对不会袖手旁观的。

我问卓也先生原因，他解释道："那个人比我更强，我没道理帮助他。"

"刚才那个邮递员……比您更强吗？"

我简直怀疑自己的耳朵。

"你有格斗经验的话就能看出来了，那个人比我厉害。"卓也先生斩钉截铁地说。

看着邮递员交给我的白色信封，我突然有些发怵。这里面究竟装着什么呢……

"能不能请你去看一下创也少爷的情况？"

听到卓也先生这句话，我的心一下子揪了起来。难不成，创也遇到了什么危险……

我穿过小巷，进入城堡，一路爬上四楼。

"创也！"我砰的一声推开门，看向屋内。

"发生什么紧急事件了吗？连门都不敲一下。"

创也的声音很平静。看到他和往常一样正对着电脑，我松了一口气。

"告诉我你急急忙忙冲进来的原因吧。"创也转了过来，看向我。我把白色信封递给他，解释了原委。

"原来是这样……"

创也拆开信封，里边是一张卡片。

> 尊敬的龙王创也先生：
>
> 　　我们诚挚地邀请您至"游戏之馆"一叙。等到时机成熟，我们会派人去接您。
>
> 　　　　　　　　　　　　　　　Eator CR敬上

"……"我震惊得说不出话来。

"栗井荣太也知道我的存在了，真期待接下来的剧情。"创也看上去很开心，"而且，栗井荣太这个人真有意思，竟然亲自来送邀请函，让人讨厌不起来呢。"

"亲自？……难道刚才的邮递员就是栗井荣太？"

"很有可能。"创也将信封递给我,"看来你只有在身处险境的时候才能保持敏锐。你再好好看看这个信封。"

我仔细看了看那个信封,上面除了"龙王创也收"之外什么都没有写,哪里奇怪了?

啊!

"信封上只写了收件人!"

"没错。没有地址,也没有邮票。这样的信,邮递员怎么会来送呢?"

原来如此。

"刚才那个邮递员长什么样?"

我努力地回想着,说道:"那人有点儿胖,肚子大到甚至会卡在巷子里,帽子压得很低,看不清脸。个子……不高也不矮。年纪估计不太大,但是多少岁我也看不出来。还有,卓也先生说那人比他还要厉害。"

"这个信息很重要。在这个世界上,比卓也先生更厉害的人可不多。"

创也看起来更开心了。

我开始梳理手头关于栗井荣太的信息:下水道里那位栗井荣太隔着马赛克,看上去三十多岁,是个消瘦的男性;电视台里那位 Eator CR，是个不会说英语的金发蓝眼小女孩；再加上今天这位邮递员……栗井荣太的形象真是千变万化。

"栗井荣太到底是什么人？"

"这是身份成谜的游戏制作人，是一个传说，也是我为了创造第六大杰作不得不超越的对手。"创也靠进椅子里，双臂交叉抱在胸前，"但这个传说就要结束了。我们已经获得了很多线索，迷雾终将散去。"

创也的眼神十分坚定。他已经准备好凭借手中的信息揭开栗井荣太的神秘面纱了。我能做的就只有换一张唱片，让他听一听他最爱的莫扎特钢琴曲了。

城堡中，优美的钢琴乐声缓缓响起。

"距离栗井荣太派人来接我们应该还有一段时间，目前我们还是好好养精蓄锐吧。"创也把水壶放到煤气炉上，"下午茶的时间到了。"

看来我和创也的冒险还会继续下去。

但故事已经很长了，读者们大概读累了吧，笔者也十分辛苦。

就先写到这儿吧。

是否要存档？
▶ 是
否

已存档。
▶ "都市里的汤姆&索亚" ①我们的城堡

后　记

我是勇岭薰。

内人和创也的冒险故事开始了。感谢大家随我一路走来。

每当听到"探险"这个词的时候，就连人到中年的我内心都会充满激情。（用"热血沸腾"这个词来形容，再合适不过了。）

没有时间，没有场地，没有朋友，没有契机……你一定也有因为限制条件太多而放弃了冒险的经历吧？创作这个故事的经历让我深有感触的是，只要有"探险之心"，随时随地都可以进行探险。

不过，听到"探险"这个词，人们往往会先想到寻山觅海、搜寻宝藏等，但我认为"探险"不应该只是这类夸张的活动。

发现了一条从没有走过的路的时候；

与陌生人讲话的时候；

翻开一本新书的时候；

将鱼骨整齐地从鱼肉上剥离的时候……

这些对我们来说都是探险。

我希望，这个故事能将每位读者的"探险之心"点燃。

那么，现在来聊聊登场人物。

与其他的故事不同，本书中，随着故事的发展，登场人物的性格和行为渐渐发生了变化，与最初的设定有所不同了，特别是内人。起初他只是一个普普通通的好奇心旺盛的中学生，后面慢慢地成长为无论在什么艰难的条件下都能够生存下去的十分厉害的中学生。我也很意外。

不过，读者们可千万不要模仿内人。如果你们因此受伤了的话，我可无法负责。

至于栗井荣太，我在这个故事里已经埋下了伏笔，在下一个故事里也许就会揭露他的本来面目了。读者们如果有时间的话，请猜猜看。

最后请允许我写一些感谢的话。

首先，感谢在某电视台工作的堀越徹先生，他满足了我"想参观电视台内部"的无礼要求，真的十分感谢。

在那之前，因为从没有过在电视台取材的经历，所以我一直很担心，但是多亏有堀越先生，我很开心地完成了在电视台的取材工作。我还厚着脸皮拜托他做故事中堀越导演这一角色的原型，感激不尽。（堀越先生本人并不像故事中的堀越导演那样"不靠谱"。）

其次，感谢为本书创作了精美插画的西炯子老师。我是西炯子老师的忠实粉丝，没想到她会为我的故事画插画，简直像做梦一样。

再次，十分感谢讲谈社的长田道子女士。长田女士从我出道开始就一直负责我的作品出版事务，也正是因为长田女士，我才能作为专业作家写完这个故事。祝她在新的岗位工作顺利！

最后，感谢对我提了"要不要尝试创作这个系列"建议的儿童图书第一出版社的阿部薰部长、该社新负责人小松编辑，以及与我并肩创作的水町编辑。我与内人、创也给你们带来了太多麻烦，还请多多包涵。

最后的最后，该道歉了吧？琢人、彩人，以及夫人，很抱歉。开始创作新系列后，我又忙起来了，请原谅我不能时时陪伴了。但是我现在创作得很开心，这也是因为有你们的支持。

那么，让我们在下一个故事里再见吧。（下一部作品讲的是创也、内人被栗井荣太邀请到"游戏之馆"的冒险！）

请大家保重！

Good night and have a nice dream（晚安，好梦）！

MACHINO TOMU ANDO SO-YA (1)

© Kaoru Hayamine/Keiko Nishi 2003

Original Japanese edition published by KODANSHA LTD.

Publication rights for Simplified Chinese character edition arranged with KODANSHA LTD. through KODANSHA BEIJING CULTURE LTD. Beijing, China.

本书由日本讲谈社正式授权，版权所有，未经书面同意，不得以任何方式做全面或局部翻印、仿制或转载。

Simplified Chinese translation copyright © 2025 by Beijing Science and Technology Publishing Co., Ltd.

著作权合同登记号　图字：01-2024-1509

图书在版编目（CIP）数据

我们的城堡 /（日）勇岭薰著 ；（日）西炯子绘 ；
徐畅译. -- 北京 : 北京科学技术出版社，2025.
（都市里的汤姆 & 索亚）. -- ISBN 978-7-5714-3768-8

Ⅰ. I313.84

中国国家版本馆 CIP 数据核字第 2024DU4248 号

策划编辑：桂媛媛		电　　话：0086-10-66135495（总编室）	
责任编辑：李珊珊		0086-10-66113227（发行部）	
责任校对：贾　荣		网　　址：www.bkydw.cn	
图文制作：沈学成　杨严严		印　　刷：北京顶佳世纪印刷有限公司	
责任印制：李　茗		开　　本：889 mm × 1194 mm　1/32	
出 版 人：曾庆宇		字　　数：137 千字	
出版发行：北京科学技术出版社		印　　张：8.125	
社　　址：北京西直门南大街 16 号		版　　次：2025 年 3 月第 1 版	
邮政编码：100035		印　　次：2025 年 3 月第 1 次印刷	
ISBN 978-7-5714-3768-8			
定　　价：39.00 元			